어미 거위 이야기

부클래식
053

어미 거위 이야기

샤를 페로

류경아 옮김
귀스타프 도레 그림

부북스

차 례

잠자는 숲속의 미녀 • 9

작은 빨강 모자 • 29

푸른 수염 • 37

주인 고양이, 혹은 장화 신은 고양이 • 51

요정들 • 64

상드리옹, 혹은 작은 유리 구두 • 70

도가머리 리케 • 86

엄지 동자 • 98

그리젤리디스 • 119

당나귀 가죽 • 166

어리석은 소원 • 200

일러두기

- 번역에 사용한 원본은 1997년에 플라마리옹 출판사에서 출간한 *Contes de ma mère l'Oye* (Librio총서)이다. 2009년에 옥스포드 출판사에서 출간한 *The Complete Fairy Tales*를 참조하였다.

- 그림은 귀스타프 도레의 작품이다.

공주님께

공주님,

저처럼 어린 사람이 이야기로 동화집을 만드는 데 즐거워하는 것은 이상한 일은 아니겠지만, 그것을 보여드리는 무모함에는 놀라셨을 것입니다.

하지만 이 이야기의 단순함과 공주님의 예지 사이에는 어느 정도의 불균형이 있다 하더라도, 만약 이 동화를 잘 살펴보시면 제가 보기보다 비난받을 만하지 않다는 것을 아실 겁니다. 동화는 전부 다 매우 사리에 맞는 교훈을 지니며, 그것을 읽는 사람의 통찰력의 정도에 따라 이해가 됩니다. 가장 고상한 것으로 올라가는 동시에 가장 천한 것으로 내려가는 정신의 힘보다 더 큰 능력을 나타내는 것은 없습니다. 천성과 교육으로 가장 고상한 것에 친숙한 공주님이 이와 같은 하찮은 것에서 즐거움을 얻는다고 해서 사람들은 전혀 놀라지 않을 것입니다.

이 동화가 최하급의 가정에서 일어나는 일을 보여주고 있다는 것은 사실입니다. 어린아이를 일찍 교육하려는 칭찬할 만한 조바심 때문에 이성적이지 않은 이야기를 상상하게 된 것입니다. 아직 이성을 가지지 않은 아이들에게 알맞은 이야기이지요. 그러나 백성들을 지도하도록 운명지어진 사람보다, 백성들의 삶을 연구하는 것이 누구에게 더 걸맞은 일이겠습니까? 영웅들은, 공주님 가문의 영웅들을 포함하여, 몸소 자신들의 눈으로 세세한 삶을 보기 위해서 오두막집으로 들어갔습니다. 그리고 이러한 지식은 그들의 교육이 완전하기 위해선 필요한 것으로 보였습니다.

어쨌건 공주님,

요정 이야기를 믿을 수 없다 하여도,
그들이 우리에게 말한 것이 진실일 거라는 것을
증명하기 위해 내가 누구에게 호소하는 것이
훨씬 더 합당할 수 있을까요?
아주 오래전에 요정들이 선물을 준 이후로
자연이 그대들에게 준만큼이나,
그렇게 많은 선물을, 또한 그렇게 뛰어난 재능을,
준 요정은 없답니다.

공주님께 깊은 존경과 함께 겸손한 마음으로 복종하는 하인

P. 다르망꾸르

잠자는 숲속의 미녀

옛날 옛날에 왕과 왕비가 살았는데 아이가 없어서 말할 수 없이 아쉬웠습니다. 그들은 세상의 모든 샘에 가서 목욕을 하고, 서원을 하고, 성지 순례를 떠나고, 갖가지 예배를 해보았지만, 소용이 없었습니다.

그러나 마침내 왕비가 잉태했고, 딸을 낳았습니다. 멋진 세례식을 했지요. 나라의 모든 요정들이 (일곱이 있었습니다) 어린 공주의 대모들이 되었습니다. 요정들 각각이 다 공주에게 선물을 주기 위해서였는데, 그것이 그 당시 요정의 관습이었답니다. 그래서 공주는 상상할 수 있는 만큼 완벽했습니다.

세례식을 마친 후, 모두가 왕의 궁전으로 돌아왔는데, 그곳에는 요정들을 위한 큰 연회가 준비되어 있었습니다. 각각의 요정들 앞에는 멋진 식기 상자가 놓였는데, 거기에는 다이아몬드와 루비로 장식된 금수저, 포크, 칼이 안에 넣어져 있었습니다.

그러나 각자가 자리를 잡고 앉을 때, 늙은 요정이 들어오는 것이 보였습니다. 50년 이상 자기가 사는 탑에서 나오지 않아 죽었거나 마법에 걸려 있다고 생각해서 아무도 초대하지 않은 요정이었습니다.

왕은 그 요정에게 자리를 잡아 주라고 명령했지만, 다른 요정처럼 순금 상자를 줄 수가 없었습니다. 일곱 요정을 위한 일곱 벌의 식기만 준비했었기 때문이죠. 늙은 요정은 사람들이 자신을 모욕한다고 생각하고, 무서운 말을 이 사이로 내뱉었습니다.

그 옆에 있던 젊은 요정 중 하나가 그 소리를 듣고, 늙은 요정이 어떤 나쁜 선물을 어린 공주에게 줄 것을 예감했습니다. 그래서 젊은 요정은 식사가 끝나자마자 벽걸이 융단 뒤에 숨었습니다. 늙은 요정이 부르려고 하는 화를 최대한 막기 위해 마지막으로 말하기 위해서였지요.

그동안 요정들은 공주에게 선물을 주기 시작했습니다. 가장 어린 요정은 공주가 세상에서 가장 사랑스러운 사람일 것이라고 말했습니다. 다음 요정은 공주가 천사 같은 마음을 가질 것이라고 말했습니다. 세 번째 요정은 공주가 무엇을 하건 감탄할 만큼 우아하게 할 것이라고 말했고, 네 번째는 공주가 춤을 완벽히 잘 출 것이라고, 다섯 번째는 공주가 밤 꾀꼬리와 같이 노래할 것이라고, 그리고 여섯 번째는 공주가 모든 종류의 악기를 완벽히 다룰 것이라고 말했습니다.

늙은 요정의 차례가 되자, 늙어서라기보다 분한 생각에 요정은 머리를 흔들며, 공주가 가락[01]에 찔려 죽을 것이라고 말했습니다.

이 무서운 선물에 모인 사람들 모두는 몸서리쳤고, 울지 않는 사람이 없었습니다. 이때 어린 요정이 융단 뒤에서 나와 소리 높여 말했습니다.

"안심하세요, 왕, 그리고 왕비님, 공주님은 죽지 않을 것입니다. 할머니 요정이 내린 저주를 완전히 풀 만한 힘이 제게 없는 것은 사실이지만요. 공주님은 가락에 손이 찔릴 테지만, 죽는 대신 100년간 깊은 잠에 빠질 것이고, 마지막으로 왕자님이 공주님을 깨우러 올 것입니다."

왕은 늙은 요정이 예고한 불행을 피하고자, 즉시 칙령을 내려 모든 사람이 가락으로 실을 잣지 못하게 하였습니다. 만약 집에 가락이 있는 경우 사형에 처할 것이라고 했습니다.

15년에서 16년이 흘렀습니다. 어느 날 왕과 왕비는 여름 별장에 갔습니다. 하루는 공주가 성 안을 뛰면서 이 방 저 방으로 달려가다, 점점 위로 올라가 탑 안의 다락방에 이르렀습니다. 그곳에는 어느 할머니가 혼자 가락으로 실을 잣고 있었습니

01 물레로 실을 자을 때, 실을 감는 쇠꼬챙이.-옮긴이

12 잠자는 숲속의 미녀

다. 이 할머니는 왕이 가락으로 실을 잣는 것을 금지한 것을 들은 적이 없었습니다.

"무엇을 하고 있나요, 할머니?" 공주가 말했습니다.

"실을 잣는 중이지, 아이야." 공주를 모르는 할머니가 대답했습니다.

"아! 참 예쁘다." 공주가 말을 이었습니다. "어떻게 하는 거예요? 저에게 줘 보세요. 저도 잘할 수 있나 보려고요."

공주가 가락을 잡자마자, 너무 흥분하고 조금은 경솔했는지, 한편으로는 요정이 그렇게 예언했듯이, 공주는 손가락이 찔려 정신을 잃고 말았습니다.

할머니는 매우 놀라 도와달라고 외쳤습니다. 사방에서 사람들이 와 공주의 얼굴에 물을 끼얹었습니다. 옷의 끈을 풀고, 손을 두드리고, 헝가리 여왕의 물[02]로 관자놀이를 문질렀지만, 아무것도 공주의 정신이 돌아오게 할 수 없었습니다.

사람들의 소리를 듣고 올라온 왕은 요정들의 예언을 기억했고, 요정들이 말했듯이 일어날 일이 일어났다고 판단했습니다. 왕은 금은으로 수놓아진 침대 위에 공주를 눕혀 궁전에서 가장 아름다운 방 안에 두라고 명했습니다. 공주는 아주 아름다워 사람들은 그 모습이 천사 같다고 말했는데, 공주가 정신은

---

02 헝가리 여왕이 미모를 위해 썼다는 신비의 물.-옮긴이

잃었지만, 생기가 도는 안색은 사라지지 않았기 때문입니다. 뺨은 연분홍색이었고, 입술은 산홋빛이었습니다. 오직 눈만이 감겨 있었지만 부드럽게 숨 쉬는 소리가 들려, 공주는 죽지 않은 것으로 보였습니다. 왕은 공주가 깨어날 때까지 공주가 편히 자도록 내버려둘 것을 명했습니다.

공주를 100년 동안 잠들게 해서 공주의 생명을 구한 젊은 요정은 이런 일이 생겼을 때 12,000리외[03] 떨어진 마타캥 왕국에 있었지만, 7리외 장화(한걸음에 7리외를 갈 수 있는 장화이지요)를 가진 난쟁이가 즉시 이 일을 알렸지요. 요정은 곧 떠났습니다. 그리고 한 시간 후 사람들은 불길에 싸인 용이 끄는 수레를 타고 도착하는 요정을 보았습니다. 왕은 수레에서 내리는 요정에게 손을 내밀러 갔습니다. 요정은 왕이 한 모든 일을 그대로 받아들였습니다. 그러나 100년 후를 미리 알고 있는지라, 공주가 깨어났을 때 이 오래된 성에서 혼자인 것을 알면 몹시 당황할 것으로 생각했습니다.

이것이 요정이 한 일입니다. 요정은 성 안에 있는 모든 사람에게 지팡이를 대었습니다 (왕과 왕비를 제외하고요). 가정교사들, 여왕의 시녀들, 하녀들, 궁내관들, 관리들, 식사 담당의 우두머리 하인들, 요리사들, 부엌 하인들, 주방 일을 거드는 아이들,

---

03 거리의 단위, 4km.-옮긴이

근위대, 수위들, 시동들, 종복들에게요. 요정은 마부와 마구간에 있는 모든 말에게 지팡이를 대었고, 뒤뜰의 개들과 함께 공주의 침대 위에 있던 작은 강아지 푸프에도 지팡이를 대었습니다. 요정이 지팡이를 대자마자, 그것들은 모두 잠들었습니다. 여주인인 공주가 깨어날 때 일어나 공주가 필요로 할 때 공주를 섬기도록 준비되어 있기 위해서였죠. 자고새와 꿩이 잔뜩 꽂혀 불에 넣어져 있던 꼬치들도 잠들었고, 불도 잠들었습니다. 이 모든 일이 순식간에 일어났습니다. 요정들은 해야 할 일을 빨리하지요.

그런 다음 왕과 왕비는 소중한 딸이 깨어나지 않도록 조심스럽게 딸에게 입맞춤한 후, 성에서 나가 가까이 오려는 사람들에게 금지령을 내렸습니다. 그러나 이 금지는 필요하지 않았습니다. 15분 만에 정원 주위에 몹시 많은 수의 크고 작은 나무들과 서로 엮어진 가시덤불이 자라나, 동물도 사람도 그리로는 지나갈 수 없게 되었기 때문입니다. 오직 먼 곳에서만 성의 높은 탑이 보일 뿐이었습니다. 사람들은 공주가 자는 동안 호기심이 많은 사람들을 걱정할 필요가 없도록 요정이 마법을 부린 것임을 의심하지 않았습니다.

100년이 지난 후, 잠든 공주와는 다른 가문의 왕국을 지배하는 왕의 아들이, 그곳에 사냥을 가게 되었습니다. 그리고 빽빽한 나무 숲 위로 보이는 탑들이 무엇인지를 물었습니다. 모두

16 잠자는 숲속의 미녀

자기가 들은 대로 말했습니다.

어떤 사람들은 그것이 정령들이 출몰하는 오래된 성이라고 말했고, 어떤 사람들은 그 지방의 모든 마법사가 거기서 연회를 개최한다고 말했습니다. 가장 공통된 의견은 거기 사는 것은 식인귀인데, 잡을 수 있는 아이들을 모두 붙잡아 마음 편히 먹기 위하여 성으로 가져간다는 것이었습니다. 그리고 식인귀 혼자만 숲을 가로질러 갈 수 있는 능력이 있어서, 아무도 그 뒤를 쫓을 수 없다는 것이었습니다.

왕자는 누구의 말을 믿어야 할지 몰랐습니다. 그때, 늙은 농부가 이야기를 시작했습니다.

"왕자님, 제가 50년도 전에 제 아버지에게서 들은 바로는, 이 성에는 세상에서 가장 아름다운 공주님이 계신답니다. 거기서 공주님은 100년 동안 잠을 자야 하고, 운명 지어진 왕자님에 의해 잠에서 깨어 일어나리라는 것입니다."

젊은 왕자는 노인의 말을 듣고 열기로 달아올랐습니다. 그는 주저 없이 자신이 멋진 모험에 성공할 사람이라고 생각했습니다. 그리고 사랑과 명예에 이끌려, 당장 성 안을 보아야겠다고 결심했습니다.

왕자가 숲을 향해 나아가자마자, 모든 큰 나무들과 가시덤불이 왕자가 지나가도록 비켰습니다. 왕자는 자신이 들어온 큰 길 끝에 보이는 성을 향해 걸어갔는데, 그를 조금 놀라게 한 것은, 시종 중 아무도 그를 쫓아올 수 없다는 것이었습니다. 왜냐하면, 왕자가 지나가자마자 나무들이 왕자 뒤의 길을 닫았기 때문이지요.

왕자는 그럼에도 길을 계속 걸어갔습니다. 젊고 사랑에 빠진 왕자는 언제나 용감하지요. 그는 큰 앞뜰로 들어갔는데 보이는 모든 것마다 왕자를 두려움으로 얼어붙게 했습니다. 침묵은 무시무시하였고, 죽음의 모습은 어디에나 있었습니다. 아무 것도 보이지 않고 오직 사람과 동물의 몸들이 널브러져 있었는데, 죽은 것처럼 보였습니다. 그렇지만 그는 수위들의 붉은 코와 붉은 얼굴을 보고 그들이 잠든 것에 지나지 않음을 알았습니다. 그리고 그들의 잔들에는, 아직도 몇 방울의 포도주가 남아 있었는데, 마시다 잠이 든 것이 분명했습니다.

그는 대리석으로 싸인 큰 궁정을 지나, 계단을 올라, 줄을 서서 무기를 어깨에 멘 채로 마음껏 코를 골고 있는 근위대의 방으로 들어갔습니다. 그는 궁내관들과 여인들로 가득 찬 방을 여럿 지나갔습니다. 그들은 모두 자고 있었는데, 어떤 사람들은 서서, 어떤 사람들은 앉아서였습니다. 그는 온통 황금빛인 어느 방으로 들어갔는데, 커튼이 다 걷힌 침대 위에서, 지금까지 본 모습 중 가장 아름다운 모습을 보았습니다. 열다섯 혹은 열여섯으로 보이는 공주였는데, 무언가 눈이 부시고 성스러운 광채가 났습니다. 왕자는 떨면서 그리고 황홀이 바라보면서 가까이

20 잠자는 숲속의 미녀

가, 그녀의 곁에 무릎을 꿇었습니다.

마법의 끝에 있었기에, 공주는 깨어났습니다. 그리고 왕자를 처음 본 것 같지 않은 아주 부드러운 눈길로 왕자를 바라보며 말했습니다.

"당신이 내 왕자님이신가요? 오랫동안 기다렸어요."

이 말에 기뻐하며, 그리고 말하는 어조에 더 매혹되어, 왕자는 자신의 기쁨과 감사한 마음을 어떻게 나타내야 할지 몰랐습니다. 왕자는 자신이 자기보다 공주를 더 사랑한다고 확실히 말했습니다. 그의 말은 두서가 없었지만, 그녀의 마음에 더 들었습니다. 가장 커다란 사랑에는 말이 필요 없죠. 왕자는 공주보다 더 당황해 있었지만, 놀랄 일이 아닙니다. 공주는 자신이 할 말에 대해 꿈을 꿀 시간이 있었기 때문입니다. 착한 요정이, 그 긴 잠 중에 공주에게 기분 좋은 꿈을 꾸는 즐거움(하지만 거기에 대한 이야기는 없습니다)을 주었지요. 마침내 그들은 네 시간 동안이나 이야기를 했지만, 할 말의 반도 하지 못했습니다.

그러는 동안 궁전의 모든 것이 공주와 함께 깨어나 각자 자기 일을 하기 시작했습니다. 모두가 사랑에 빠진 것은 아니기에, 그들은 모두 굉장히 배가 고팠습니다. 다른 사람들처럼 다급해진 시녀가, 참지 못하고, 공주에게 고기가 차려졌다고 높은 소리로 말했습니다.

왕자는 공주가 일어나는 것을 도왔습니다. 공주는 성장(盛裝)했고 아주 호화로웠습니다. 하지만 왕자는 공주가 자신의 할머니처럼 옷을 입었다는 말을 하지 않았습니다. 공주는 높은 옷깃을 하고 있었거든요. 하지만 여전히 아름다웠습니다.

그들은 거울의 방으로 가, 공주의 관리들의 시중을 받으며 저녁을 먹었습니다. 바이올린과 오보에가 옛 곡을 연주했습니다. 비록 100년이 가깝도록 연주되지 않았지만 멋진 곡들이었지요. 그리고 저녁 식사 후, 시간을 낭비하지 않고, 궁중 사제가 성에 있는 작은 성당에서 그들을 결혼시켰습니다. 시녀가 침대 커튼을 내렸습니다. 그들은 잠을 조금 잤는데, 공주는 거의 필요가 없었어요. 그리고 왕자는 아침이 되자 아버지가 걱정하고 있을 도시로 돌아가기 위해 떠났습니다.

왕자는 왕에게 사냥하다 숲 속에서 길을 잃었고, 숯장수의 오두막에서 잠을 잤으며 검은 빵과 치즈를 먹었다고 말했습니다. 호인인 왕은, 그것을 믿었지만, 그의 어머니는 그것이 믿어지지 않았습니다. 왕자가 거의 매일 사냥을 가고, 항상 변명할 거리가 있는 것을 보고, 또 왕자가 2~3일을 바깥에서 지내고 들어오자, 왕비는 왕자에게 연인이 생겼음을 더는 의심하지 않았습니다. 왕자는 공주와 2년이 넘게 살면서, 두 아이를 가졌는데, 첫째는 딸이었고 이름이 오로르, 즉 새벽이었으며, 둘째는 아들로 이름이 주르, 즉 날이었는데, 그것은 동생이 누나보다 더 아름답게 보였기 때문입니다.

어머니 왕비는 인생이란 즐겨야 한다고 몇 번이나 아들에게 말하며, 왕자의 속마음을 끄집어내려 했습니다. 하지만 왕자는 비밀을 말할 용기가 나지 않았습니다. 왕자는 왕비를 사랑하기는 했지만, 그녀를 두려워하기도 했는데, 왕비는 식인귀 가문 출신이었기 때문입니다. 왕은 그녀의 큰 재산 때문에 왕비와 결혼을 한 것이었지요. 궁정에서 사람들은 낮은 목소리로 왕비가 식인귀의 성향을 가졌다고 소곤거렸습니다. 왕비가 지나가는 어린아이들을 보기만 하면 그 위로 덮쳐들고 싶은 욕망을 참느라 몹시 괴로워한다고 했지요. 그래서 왕자는 아무 말도 하고 싶지 않았습니다.

그러나 2년 후 왕이 죽자, 왕자는 지배자가 되었습니다. 그는 결혼을 공개적으로 선언한 뒤, 왕비인 아내를 찾으러 그녀의 성으로 장엄한 행렬을 이루며 갔습니다. 성에선 화려한 축하 연회가 왕비를 위해 개최되었고, 왕비는 두 아이와 함께 화려하게 수도에 들어섰습니다.

얼마 후, 왕은 인접국인 칸타라뷔뜨 황제와의 전쟁에 나갔습니다. 그는 어머니에게 섭정을 맡기고, 아내와 아이를 간곡히 부탁했습니다. 왕은 여름 내내 전쟁터에 있어야 했기 때문입니다. 왕이 떠나자마자, 어머니 왕비는 그녀의 며느리와 아이들을 자신의 숲 속 시골집으로 보냈습니다. 자신의 무시무시한 욕망을 더 쉽게 충족시키기 위해서요.

어머니 왕비는 며칠 후 그곳에 갔습니다. 그리고 어느 날 저녁 식사를 담당하는 우두머리 하인에게 말했습니다.

"내일 저녁에 오로르를 먹고 싶다."

"아! 여왕님", 하인이 말했습니다.

"먹고 싶구나 (어머니 왕비는 신선한 살을 먹고 싶은 식인귀의 어조로 말했습니다), 그것도 로베르 소스를 곁들여 먹고 싶다."

불쌍한 하인은, 식인귀에게 덤벼서는 안 되는 것을 알기에, 큰 칼을 들고 어린 오로르의 방으로 올라갔습니다. 소녀는 네 살이었고, 뛰며 웃으면서 다가 와 하인의 목에 매달렸습니다. 사탕 과자를 달라고 하면서요.

하인의 눈에선 눈물이 흐르기 시작했고, 손에선 칼이 떨어졌습니다. 그러고 나서 그는 가금사육장으로 가서 작은 양의 목을 베고, 하도 맛있는 소스로 요리해 왕비는 그렇게 맛있는 것은 먹은 적이 없다며 하인을 안심시켰습니다. 그는 동시에 어린 오로르를 아내에게 데려와 가금 사육장 끝에 있는 그녀의 방에 숨기라고 주었습니다.

일주일 후, 못된 어머니 왕비가 우두머리 하인에게 말했습니다.

"저녁으로 주르를 먹고 싶다."

지난번처럼 왕비를 속이려고 결심한 그는 대답하지 않았습니다. 그는 주르를 찾으러 가, 손에 칼을 들고 큰 원숭이와 칼싸움을 하는 주르를 발견했습니다. 이제 세 살밖에 되지 않았지요. 그는 아이를 아내에게 데리고 가 오로르와 함께 숨기도록 했고, 주르 대신 몹시 부드러운 작은 염소 새끼를 요리했습니다. 식인귀는 아주 맛있다고 했지요.

지금까지는 좋았는데, 어느 날 저녁 못된 왕비가 우두머리 하인에게 말했습니다.

"아이들 요리와 같은 소스로 젊은 왕비를 먹고 싶다."

불쌍한 우두머리 하인은 다시 왕비를 속일 수 있을지 절망스러웠습니다. 젊은 왕비는 100년 동안 잔 것을 제외하여도 스무 살이 넘었고, 그녀의 피부는 아름답고 희지만 조금 질겼습니다. 그리고 가축우리에서 그 정도로 질긴 짐승을 찾을 방법은?

그는 자신의 목숨을 살리기 위해 젊은 왕비 목을 한 번에 벨 결심을 하고 그녀의 방으로 올라갔습니다. 그는 몹시 흥분하여, 손에 단검을 들고 젊은 여왕의 방에 들어갔습니다. 그러나 그는 젊은 왕비를 놀라게 할 생각이 전혀 없었고, 예의 바르게 왕비에게 받은 명령에 대해 말했습니다.

"해야 할 일을 하세요." 목을 내주면서 젊은 왕비가 말했습니다. "명령받은 대로 하세요. 나는 내 아이들을 보러 가렵니다.

제가 그토록 사랑했던 아이들을." 젊은 왕비는 아무 말 없이 사라진 아이들이 죽었다고 믿었지요.

"아닙니다, 왕비님," 하인은 몹시 측은한 마음이 들어 대답했습니다. "왕비님은 돌아가시지 않을 겁니다. 왕비님의 자녀님들을 보러 가지 않으셔도 됩니다. 제집에 자녀님들을 숨겨 두었습니다. 그리고 저는 왕비님 대신에 암사슴 요리로 다시 어머니 왕비를 속이겠습니다."

그는 즉시 젊은 왕비를 자신의 방으로 데려갔습니다. 그리고 젊은 왕비가 그곳에서 아이들을 껴안고 함께 눈물을 흘리는 것을 지켜보았습니다. 그는 암사슴 요리를 했고, 왕비는 그것이 젊은 왕비라고 믿으며 왕성한 식욕으로 저녁을 먹었습니다. 그녀는 자신의 잔혹함에 만족했고, 왕이 돌아오면, 성난 늑대가 여왕과 두 아이를 먹었다고 말할 준비를 했습니다.

어느 날 왕비는 하던 대로 성의 궁정과 가금사육장을 돌아다니며 신선한 고기의 냄새를 맡다가, 아래층 방에서 어린 주르가 우는 소리를 들었습니다. 주르가 못되게 굴어서 어머니인 젊은 왕비가 회초리로 주르를 때리려 했기 때문입니다. 그리고 어린 오로르가 동생을 용서해달라고 하는 소리도 들었습니다.

식인귀 왕비는 젊은 왕비와 그 아이들의 목소리를 알아채자, 속은 것에 화가 나, 다음 날 아침이 되자마자, 세상이 다 울릴만한 무시무시한 목소리로 명했습니다. 궁정 가운데 큰 통을 가져와, 그 안을 두꺼비, 살모사, 뱀들로 채우고, 그 안에 젊은 왕비와 아이들, 우두머리 하인, 그의 부인과 하녀를 넣으라는 것이었습니다. 왕비는 그들의 손을 등 뒤에 묶은 채 데려오라는 명령을 내렸습니다.

모두 다 나오자, 사형집행인들이 그들을 통에 넣을 준비를 했습니다. 그때, 그렇게 일찍 오리라고 생각하지 않았던 왕이 말을 타고 궁정으로 들어왔습니다. 그는 몹시 놀라 그 무서운 광경이 무엇을 뜻하는지를 물었습니다. 아무도 감히 그것을 말할 수 없었습니다. 바로 그때 식인귀 왕비는 자신 앞에 펼쳐진 광경을 보고 화가 나, 통속으로 머리부터 스스로 몸을 던졌습니다. 그리고 떨어지자마자 통 속에 있던 고약한 짐승들이 순식간에 그녀를 삼켜버렸습니다.

왕은 그녀가 어머니여서 유감스러웠지만, 곧 아름다운 아내와 아이들을 위안으로 삼았답니다.

〈교훈〉
부유하고, 잘생기고, 자상한
남편을 얻기 위해 조금 기다리는 것은
무척 자연스러운 일입니다.
그러나 백 년을, 그것도 계속 잠을 자면서,

인내하면서 기다리는 여성을
발견하기는 어렵습니다.

〈다른 교훈〉
이야기는 우리에게
결혼의 인연을 늦게 맺어도
절대 불행해지지 않는다는 것을
가르쳐 줍니다.
기다린다고 해서
아무것도 잃지 않지요.
그러나 젊은 여성들은 결혼의 서약을
너무도 열렬히 갈망해서,
나로서는
그들에게 이런 교훈을 줄
힘도 마음도 없답니다.

작은 빨강 모자

옛날에 어떤 마을에 예쁜 소녀가 살았는데 누구보다도 예뻤습니다. 엄마도 소녀를 사랑했고, 할머니는 소녀를 훨씬 더 사랑했지요. 착한 할머니는 소녀에게 작은 빨강 모자를 만들어 주었습니다. 그것이 소녀에게 참 잘 어울려서, 많은 사람이 소녀를 빨강 모자라고 불렀습니다.

하루는 어머니가 과자를 만든 후 빨강 모자에게 말했습니다.

"할머니가 어떠신지 뵙고 오너라. 아프시다는구나. 과자와 버터가 담긴 작은 단지를 드리고 오렴."

빨강 모자는 다른 마을에 사는 할머니 댁에 가기 위해 곧 길을 떠났습니다. 숲 속을 지나가는데 소녀는 늑대를 만났습니다. 늑대는 소녀를 잡아먹고 싶었으나 그럴 수 없었어요. 숲 속

30 작은 빨강 모자

에 있던 몇 명의 나무꾼들 때문이지요. 늑대는 소녀에게 어디에 가느냐고 물었고, 멈춰 서서 늑대의 이야기를 듣는 것이 위험하다는 것을 모르는 소녀는 늑대에게 말했습니다.

"할머니를 뵈러 가는 길이야. 어머니가 보내는 과자와 버터가 담긴 작은 단지를 가지고."

"할머니는 멀리 사시니?" 늑대가 말했습니다.

"응, 그래." 빨강 모자가 말했습니다. "저 아래 보이는 풍차 너머에 있는 마을 첫 번째 집이야."

"아, 그렇구나." 늑대가 말했습니다. "나도 가서 만나고 싶다. 난 이 길로 갈 테니, 넌 저 길로 가. 누가 더 먼저 도착하나 보자."

늑대는 가장 빠른 길을 온 힘을 다해 달리기 시작했고, 어린 소녀는 훨씬 더 먼 길을 걸어갔습니다. 개암을 따고, 나비를 쫓고, 보이는 작은 꽃들로 꽃다발을 만들어 가면서요.

늑대는 곧 할머니가 사는 집에 도착했습니다. 그는 문을 두드렸습니다. "똑, 똑."

"누구요?"

"어머니가 할머니께 보내는 과자와 버터가 든 작은 단지를 가져온 할머니 손녀 빨강 모자예요 (늑대는 목소리를 꾸며가며 말했습니다)."

몸이 좀 좋지 않아 침대에 누워 있던 맘씨 좋은 할머니가

32 작은 빨강 모자

소리쳤습니다. "작은 쐐기를 당기렴. 나무 빗장이 풀릴 거야."

늑대는 쐐기를 당겼고, 문이 열렸습니다. 늑대는 할머니에게 달려들어 순식간에 할머니를 삼켜버렸습니다. 늑대는 삼일이 넘게 아무것도 먹지 못했거든요. 그러고 나서 늑대는 문을 닫고 할머니의 침대로 들어가 누웠습니다. 얼마 후, 문을 두드릴 빨강 모자를 기다리면서요. "똑, 똑."

"누구요?"

늑대의 거친 목소리를 들은 빨강 모자는 우선 겁이 났지만, 할머니가 감기에 걸리셨나 보다 생각하며 대답했습니다.

"저예요, 할머니 손녀 빨강 모자예요. 어머니가 할머니께 보내는 과자와 버터가 든 작은 단지를 가져왔어요."

늑대는 목소리를 조금 부드럽게 하면서 소리쳤습니다.

"작은 쐐기를 당기렴. 나무 빗장이 풀릴 거야."

빨강 모자는 쐐기를 당겼고, 문이 열렸습니다. 늑대는 소녀가 들어오는 것을 보면서, 침대에 누워 이불 아래로 숨으면서 말했습니다.

"과자와 버터가 든 작은 단지를 빵 넣는 통 위에 두고 나와 함께 눕자."

빨강 모자는 옷을 벗고 침대 속으로 들어가는데, 옷을 벗은 할머니의 모습을 보고 몹시 놀랐습니다. 소녀는 할머니에게 말했습니다.

34 작은 빨강 모자

"할머니, 팔이 참 크시네요!"

"얘야, 너를 더 잘 안기 위해서지."

"할머니, 다리도 참 크시네요!"

"얘야, 더 잘 뛰기 위해서지."

"할머니, 귀도 참 크시네요!"

"얘야, 더 잘 듣기 위해서지."

"할머니, 눈도 참 크시네요!"

"얘야, 더 잘 보기 위해서지."

"할머니, 이도 참 크시네요!"

"너를 잡아먹기 위해서지."

그리고 이 말을 하면서, 냉혹한 늑대는 빨강 모자를 덮쳐 먹어 버렸습니다.

〈교훈〉

어린아이들이,

주로 아름답고, 몸매가 좋은 상냥한 어린 소녀들이

모든 종류의 사람들이 그들에게 다가와 말을 하게 하는 것은

매우 해로운 일임을 이 이야기는 보여줍니다.

늑대가 소녀들을 잡아먹기 위해서

데려가도 그렇게 이상한 일이 아니지요.

내가 그들을 늑대라고 부르지만
모든 늑대가 다 같은 것은 아닙니다.
상냥한 기질에 으르렁거리지 않고,
심술궂지도 않고, 화도 내지 않지요.
태도가 매력적이며, 친절하고 부드러운 늑대는
거리에서 만난 젊은 처녀들을
그들의 집에까지 쫓아가,
벽과 침대 사이에 이릅니다.
아! 그러나 이러한 달콤한 늑대가
가장 위험한 늑대라는 것은 다 아는 사실입니다.

푸른 수염

옛날에 도시와 시골에 멋진 집을 가진 사람이 있었습니다. 집에는 금과 은으로 된 식기, 수놓아진 가구들이 있었고, 온통 황금빛인 마차들도 있었습니다. 그러나 불행하게도 이 남자는 푸른 수염을 가지고 있어서, 그것 때문에 그는 몹시 추하고 무섭게 보였습니다. 그래서 그 앞에서 도망가지 않는 여인이나 소녀가 없었습니다.

그의 이웃 중에 귀부인이 있었는데, 완벽하게 아름다운 두 딸을 가지고 있었습니다. 푸른 수염은 결혼상대로 딸 하나를 요구했고, 누구를 선택할지는 부인에게 맡겼습니다. 두 딸은 모두 푸른 수염과 결혼하기를 바라지 않아 서로 결혼할 것을 떠밀었습니다. 푸른 수염을 가진 사람을 선택할 수 없었기 때문입니다. 딸들을 더 불쾌하게 한 것은 그가 벌써 여러 차례 여자

38 푸른 수염

들과 결혼을 했다는 사실이었는데, 아무도 그 부인들이 어떻게 되었는지 몰랐습니다.

푸른 수염은 딸들의 마음을 얻기 위해, 딸들의 어머니와 가장 좋은 친구들 서넛, 그리고 이웃의 젊은이 몇몇을 딸들과 함께 시골집으로 데리고 가서 일주일을 보냈습니다. 온종일 산책, 사냥과 낚시, 춤과 향연, 성대한 식사뿐이었습니다. 사람들은 전혀 자지 않았고 서로에게 짓궂은 장난을 하느라 밤을 지새웠습니다. 마침내 모든 일이 잘되어가, 동생은 집주인의 수염이 그렇게 푸르지 않고, 푸른 수염이 꽤 신사답다는 생각이 들기 시작했습니다.

도시로 돌아온 후, 결혼이 결정되었습니다. 한 달 후 푸른 수염은 중요한 일로 최소한 6주 동안 여행을 가야 한다고 부인에게 말했습니다. 그는 자기가 없는 동안 아내가 좋은 친구들을 오게 하여, 원하면 그들을 시골로 데려가고, 어디서나 아끼지 말고 훌륭한 음식을 머으며 재미있게 지내라고 당부했습니다.

"여기," 푸른 수염이 말했습니다. "큰 창고들의 열쇠 두 개가 있소, 이건 매일 쓰지 않는 금은 식기 창고의 열쇠들이오. 이건 금과 돈을 넣어 둔 금고들의 열쇠들 그리고 보석들을 넣어 둔 상자들의 열쇠들이오, 이건 모든 방을 열 수 있는 만능열쇠요. 여기 이 작은 열쇠로 말할 것 같으면, 아래층 긴 회랑의 끝에 있는 작은 방의 열쇠요. 모든 문은 열어도 좋고, 어디를 들어가도 좋지만, 이 작은 방만은 당신이 들어가는 것을 절대로 금지하오. 내가 이렇게 금지하는데 만약 당신이 그 문을 연다면, 너무나 노여워서 무엇을 할지 나도 모르오."

아내는 그가 명령한 것을 정확하게 지킬 것을 약속했고, 푸른 수염은 아내를 포옹한 후 마차에 올라 길을 떠났습니다. 이웃들과 친구들은 젊은 신부의 집에 가기 위해 자기들을 데리러 오기를 기다리지 못했습니다. 집의 온갖 호화로움을 보려고 조급했기 때문이지요. 그의 수염이 공포를 주었기 때문에, 그녀의 남편이 집에 있는 동안 그들은 집에 올 엄두를 내지 못했습니다.

집에 오자마자 그들은 방들, 작은 방들, 의상실 등을 돌아다녔는데 그것들은 서로 아름다움과 화려함을 다투고 있었습니다. 그녀들은 곧 가구 창고들로 올라갔는데, 수나 아름다움에 있어 융단들, 침대들, 긴 의자들, 서랍장들, 조그만 원탁들, 탁자들에 대해 아무리 감탄을 해도 모자랐습니다. 거기에는 발끝에서부터 머리까지 볼 수 있는 거울들도 있었습니다. 어떤 거울들은 그 테두리가 유리로, 어떤 것들은 은으로, 어떤 것들은 도금한 은으로 되어 있었고 아무도 그보다 더 아름답고 화려한 것을 본 적이 없었습니다. 그들은 부인의 행복을 과장하고 부러워하기를 그치지 않았습니다. 그러나 푸른 수염의 아내

는 이 모든 화려함을 보면서도 전혀 즐겁지 않았습니다. 아래층에 내려가서 작은 방의 문을 열고 싶은 조바심 때문이었죠.

그녀는 호기심으로 몹시 조급해져서, 초대받은 사람들 곁을 떠나는 것이 무례함이라는 것을 생각하지 않고, 비밀계단을 통해 아래층으로 내려갔습니다. 그리고 하도 서두르는 바람에 두서너 번 목을 부러뜨릴 뻔했습니다.

작은 방의 문에 다다르자, 그녀는 남편의 금지 명령을 생각하면서, 그리고 복종하지 않은 것 때문에 불행해질 것을 고려하면서 잠시 머뭇거렸습니다. 하지만 유혹이 너무 강해 참을 수가 없었고, 그녀는 작은 열쇠를 쥐고 떨면서 작은 방의 문을 열었습니다.

창문들이 닫혀 있었기에 처음에는 아무것도 볼 수 없었습니다. 잠시 후, 바닥이 온통 응결된 피로 뒤덮여있다는 것이 보이기 시작했습니다. 그리고 이 핏자국 위로 벽을 따라 늘어져 있는 많은 여자의 시체들이 비쳐 보였습니다. 그 여자들은 모두 푸른 수염이 결혼하고 나서 하나씩 목을 벤 여자들이었습니다.

그녀는 공포로 죽을 것 같았고, 자물쇠에서 빼낸 작은 방의 열쇠가 손에서 떨어졌습니다. 조금 정신을 차린 후, 그녀는 열쇠를 주워 문을 잠그고, 자기 방으로 올라가 조금 마음을 가라앉혔습니다. 그러나 그녀는 너무 흥분해서 안정을 취할 수가 없었습니다. 작은 방의 열쇠에 피가 묻어 있다는 것을 발견한 후, 그녀는 두세 번 열쇠를 닦았지만, 피는 전혀 지워지지 않았습니다. 씻어도 소용이 없었고 모래와 세사로 문지르기도 했지만, 여전히 피가 묻어있었습니다. 그것은 마술 열쇠였고, 완전히 지우는 방법이 없었습니다. 한쪽의 피를 지우면, 다른 쪽 피가 살아나고는 했지요.

푸른 수염은 바로 그날 저녁에 돌아와, 가는 길에 편지를 받았는데 해결하기 위해 떠난 일이 유리하게 종결되었다는 것을 알았다고 말했습니다. 아내는 최선을 다해 그가 빨리 돌아온 것을 기뻐한다는 것을 보여주려 애썼습니다.

다음날 푸른 수염은 열쇠를 달라고 했고, 아내는 열쇠를 주었지만, 몹시 손이 떨려, 그는 무슨 일이 일어났는지를 쉽게 알 수 있었습니다.

"왜 작은 방 열쇠가 다른 열쇠들과 함께 있지 않은 거요?"

"위층 탁자 위에 열쇠를 놓은 것이 확실해요."

"조금 후에 틀림없이 그 열쇠를 내게 주시오." 푸른 수염이 말했습니다.

몇 번을 지체하다가, 아내는 열쇠를 가져와야 했습니다. 푸른 수염은, 열쇠를 본 후, 아내에게 말했습니다.

"왜 이 열쇠에 피가 묻어 있소?"

"전혀 모르겠어요." 시체보다 더 창백해진 가엾은 아내가 말했습니다.

"당신은 전혀 모르지!" 푸른 수염이 비난했습니다. "하지만 나, 나는 잘 알고 있어. 작은 방에 들어가고 싶었던 거지! 그럼, 부인, 들어가서 당신이 거기서 본 여자들 옆에 자리를 잡으시라고."

아내는 자신이 복종하지 않은 것을 진심으로 후회하는 것을 보여주는 표시로 울며 용서를 구하면서 남편의 발에 몸을 던졌습니다. 그녀처럼 아름다운 여인이 그렇게 슬퍼했다면 바위라도 감동하게 했을 것입니다. 그러나 푸른 수염의 마음은 바위보다 더 냉혹했습니다.

"죽어야 하오, 부인, 그것도 즉시." 그가 아내에게 말했습니다.

"죽어야 한다면, 하느님께 기도할 시간을 조금만 주세요." 눈물이 그렁그렁한 눈으로 푸른 수염을 바라보며 아내가 말했습니다.

"15분의 시간을 주겠소. 하지만 더 이상은 안 되오." 푸른 수염이 말했습니다.

혼자가 되자, 그녀는 언니를 불러, 말했습니다.

"나의 언니 안느 (언니의 이름이 이랬습니다), 부탁이야, 탑 위로 올라가 오빠들이 오지 않나 봐줘. 오늘 나를 보러 오기로 약속했는데, 만약 오빠들이 보이면 서두르란 표시를 해 줘."

언니 안느는 탑 위로 올라갔고, 괴로운 아내는 때때로 소리 쳤습니다.

"안느, 나의 언니야, 아무것도 보이지 않아?"

언니 안느가 대답했습니다.

"햇빛 속에서 반짝이는 먼지와 초록빛으로 빛나는 풀들만 보여."

그러는 동안, 푸른 수염은 커다란 단검을 들고 온 힘을 다해 아내에게 외쳤습니다.

"빨리 내려오지 않으면 내가 올라가겠소."

"죄송하지만 잠깐만요." 아내가 대답했습니다.

그리고 즉시 그녀는 낮게 소리쳤습니다.

"안느, 나의 언니 안느, 아무것도 보이지 않아?"

언니 안느가 대답했습니다.

"햇빛 속에서 반짝이는 먼지와 초록색으로 빛나는 풀들만 보여."

"빨리 내려오시오, 아니면 내가 올라가리다." 푸른 수염이 소리쳤습니다.

"가요." 아내가 대답하고 나서 소리쳤습니다.

"안느, 나의 언니 안느, 아무것도 보이지 않아?"

그때 언니 안느가 대답했습니다. "커다란 먼지 구름이 이쪽 으로 오는 게 보여."

46 푸른 수염

"오빠들이야?"

"아! 아니야, 동생아. 양 떼야 ….'

"내려오지 않겠소?" 푸른 수염이 소리쳤습니다.

"조금만요." 아내는 대답하고 나서 소리쳤습니다.

"안느, 나의 언니 안느, 아무것도 보이지 않아?"

"이쪽으로 오는 기사 둘이 보여. 하지만 아직 아주 멀리 있어." 언니가 대답했습니다. "하느님 감사합니다!" 그녀는 곧 소리쳤습니다. "오빠들이야. 서두르라는 신호를 최선을 다해 해야겠다."

푸른 수염이 너무 크게 소리치는 바람에 집 전체가 흔들렸습니다. 가련한 아내는 내려와, 눈물이 가득한 눈으로 머리는 헝클어진 채 푸른 수염의 발아래 몸을 던졌습니다.

"소용없소, 죽어야 하오." 푸른 수염이 말했습니다. 푸른 수염은 한 손으로 아내의 머리채를 잡고, 다른 손으로 단검을 공중에 높이 들어 아내의 목을 막 내리치려 했습니다. 불쌍한 아내는 그쪽으로 돌아서서, 맥없는 시선으로 그를 보면서, 마음을 가다듬을 시간을 조금 요구했습니다.

"안 되오, 안 되오." 그가 말했습니다. "하느님께 당신을 맡기시오." 그리고 팔을 올리려는데 ….

바로 그 순간 문을 몹시 세게 두드리는 소리에 푸른 수염은 갑자기 동작을 멈췄습니다. 문이 열렸고, 즉시 두 기사가 들어왔습니다. 그들은 손에 창을 들고 곧 푸른 수염에게 달려갔습니다. 푸른 수염은 그들이 아내의 오빠들인 용기병과 총사라는 것을 알고 즉시 안전한 곳으로 도망쳤습니다. 그러나 두 오빠는 푸른 수염 가까이 쫓아와 그가 현관에 이르기 전에 그를 붙잡았습니다. 오빠들은 푸른 수염의 몸에 칼을 찔렀고, 그는 죽었습니다. 가련한 아내는 남편만큼이나 사색이 되어 있었는데, 오빠들을 안기 위해 일어날 힘조차 없었습니다.

푸른 수염은 상속인이 없는 것으로 밝혀져, 아내가 모든 재산의 주인이 되었습니다. 아내는 언니 안느가 그녀를 오랫동안 사랑해온 젊은 신사와 결혼하는 데 재산을 썼습니다. 다른 재산으로는 오빠들에게 대위의 직위를 사는 데 썼습니다. 그리고 나머지는 몹시 성실한 남자와 결혼하는 데 썼는데, 그는 그녀가 푸른 수염과 보냈던 나쁜 시간을 잊게 하였습니다.

〈교훈〉

호기심은 마음을 유혹하지만
그것을 충족시키면 많은 후회를 하게 합니다.
그러한 예들을 매일 목격하지요.
여자는 듣기 싫겠지만
그것은 경솔한 즐거움입니다.

호기심은 한번 충족되면 사라지고
항상 비싼 대가를 치르게 합니다.

〈다른 교훈〉
아무리 사람이 분별이 없더라도
세상이 어떻게 돌아가는지를 알고 있다면
이 이야기가 지나간 시절의 이야기란 것을
잘 알 것입니다.
요즘에는 이제 아내에게 그렇게 무섭거나
불가능한 사랑을 요구하는 남편은 없습니다.
아무리 그가 불만족하고 질투한다 해도
그는 자기 부인 가까이에서 조용히 복종합니다.
턱수염이 어떤 색깔이건 집에선
둘 중에 누가 주인인지 판단하기 어렵지요.

주인 고양이, 혹은 장화 신은 고양이

방앗간 주인이 세 아들에게 방앗간, 당나귀, 고양이만을 남기고 세상을 떠났습니다. 분배는 빨리 이루어져, 공증인도, 대리인도 부르지 않았습니다. 그들에게 내는 돈이 곧 보잘것없는 유산을 다 없앴을 것입니다. 첫째는 방앗간, 둘째는 당나귀, 그리고 막내는 고양이밖에 가질 수 없었습니다. 막내는 그토록 보잘것없는 몫을 차지하게 된 것을 슬퍼하지 않을 수 없었습니다.

"형들은 방앗간과 당나귀가 있으니 일하면 자리를 잡고 그만하면 괜찮은 삶을 살 수 있겠지. 그러나 나는, 내 고양이를 잡아먹고, 그 털로 토시를 하나 만들면, 얼마 후에 배고파 죽어버리고 말 거야."

모른 체하며 그의 말을 듣고 있던 고양이는, 그에게 침착하고 진지한 태도로 말했습니다. "걱정하지 마세요, 주인님, 제게 주머니 하나와 가시덤불 속으로 신고 갈 장화 한 켤레만 주시면, 생각보다 재산을 잘못 나누어 가지지 않았다는 것을 알게 될 겁니다."

고양이의 주인인 막내는 큰 기대를 하지는 않았습니다. 그러나 고양이가 쥐나 생쥐를 잡기 위해 퍽 유연하게 몸을 움직이는 것을 본 적이 있있습니다. 발로 거꾸로 매달리거나, 밀가루 속에 숨어 죽은 척하면서요. 그래서 비참한 불행에서 벗어날 수 있을 거라고 희망을 품었습니다.

고양이는 주인에게 요구한 것을 받자, 솜씨 좋게 장화를 신고, 주머니를 목에 걸고, 끈을 앞발로 잡은 뒤, 많은 토끼가 있는 사육장으로 갔습니다. 고양이는 주머니에 겨와 야생 상치를 넣고, 죽은 것처럼 뻗고 누워, 세상의 속임수에 대해 모르는 어떤 어린 토끼가 그곳에 넣어둔 것을 먹으려고 주머니로 들어가기를 기다렸습니다. 고양이는 눕자마자 원하는 것을 잡았습니다. 한 어린 경솔한 토끼가 그의 주머니로 들어가자, 고양이는 곧 끈을 당겨 토끼를 잡아 무자비하게 죽였습니다.

자신의 노획물을 자랑스러워하며, 고양이는 왕의 궁전에 가 알현하기를 청했습니다. 고양이는 왕의 방으로 안내받고 왕에게 큰절한 뒤, 말했습니다.

"전하, 카라바스 후작이 (이것은 고양이가 마음대로 자기 주인에게 붙인 이름입니다) 자신을 대신해서 전하에게 바치라고 명한 사육장의 토끼입니다."

"네 주인에게 말하라," 왕이 대답했습니다. "고맙고, 마음에 든다고."

다음번에도, 고양이는 여전히 주머니를 열어놓은 채, 밀밭 속에 숨었습니다. 그리고 두 마리의 자고새가 들어오자, 끈을 당겨 두 마리를 다 잡았습니다. 고양이는 사육장의 토끼를 바쳤듯이 왕에게 그것을 바치러 갔습니다. 왕은 두 마리의 자고새를 기쁘게 받았고 고양이에게 수고 값을 주었습니다.

고양이는 이런 식으로 두세 달 동안 왕에게 그의 주인이 사냥하여 잡은 것인 양 사냥감을 가지고 갔습니다. 하루는 왕이 세상에서 가장 아름다운 공주인 딸과 함께 강가로 나가려 한다는 사실을 고양이가 알았습니다. 고양이는 주인에게 말했습니다.

"주인님이 제 충고를 따르기만 하신다면, 출세하실 수 있습니다. 제가 가르쳐드리는 강가에서 목욕하시기만 하면 됩니다. 나머지는 저에게 맡기세요."

카라바스 후작은 무슨 일인지 모르면서 자신의 고양이가 시키는 대로 하였습니다. 그가 목욕하고 있는 동안, 왕이 지나가게 되었고, 고양이는 온 힘을 다해 외치기 시작했습니다.

"구해줘요! 구해줘요! 카라바스 후작이 강에 빠졌어요!"

54 주인 고양이, 혹은 장화 신은 고양이

이 외침을 듣고 왕은 마차 문밖으로 목을 내밀었습니다. 그리고 그토록 많은 사냥감을 가져왔던 고양이를 알아보고는, 왕은 호위병들에게 빨리 카라바스 후작을 구하라고 명했습니다.

그들이 가련한 후작을 강에서 빼내는 동안, 고양이는 마차에 다가가 왕에게 말하길, 주인이 목욕하는 동안 힘껏 '도둑이야!' 소리를 쳤지만, 도둑들이 와서 옷을 가져갔다고 했습니다. 고양이는 옷을 큰 바위 아래에 숨겨두었지요.

왕은 즉시 옷장을 관리하는 관리들에게 가장 아름다운 옷 중 한 벌을 카라바스 후작에게 갖다 주라고 명했습니다. 왕은 후작에게 많은 호감을 표시했고, 후작에게 방금 준 아름다운 옷이 후작의 모습을 돋보이게 했기 때문에, (그는 잘생겼고, 풍채가 좋았습니다) 공주는 그가 퍽 마음에 들었습니다. 카라바스 후작이 공주에게 두세 번 존경을 표하며 조금 다정한 시선을 보내자마자 공주는 미칠듯한 사랑에 빠졌지요.

왕은 후작에게 마차에 올라, 같이 산책하자고 청했습니다. 자신의 계획이 성공하기 시작한 것을 안 고양이는 기쁨에 차, 앞질러 가다가 풀을 베고 있는 농부들을 만나자 그들에게 말했습니다.

"풀을 베고 있는 사람들아, 만약 너희가 베고 있는 풀이 카라바스 후작의 것이라고 왕에게 말하지 않는다면, 마구 두들겨 패 주겠다."

56 주인 고양이, 혹은 장화 신은 고양이

왕은 풀을 베고 있는 사람들에게 베고 있는 풀밭이 누구의 것인지 묻기를 잊지 않았습니다.

"카라바스 후작의 것입니다." 고양이의 위협에 겁을 먹은 사람들이 모두 함께 말했습니다.

"멋진 영지를 가졌소." 왕이 카라바스 후작에게 말했습니다. 후작이 대답했습니다. "매년 많은 수확을 내는 풀밭입니다. 전하."

고양이는 여전히 앞질러가면서, 수확하는 사람들을 만나 그들에게 말했습니다.

"수확하는 사람들아, 만약 모든 밀이 카라바스 후작의 것이라고 왕에게 말하지 않는다면, 마구 두들겨 패 주겠다."

조금 후 그곳을 지나가게 된 왕은 그가 보는 모든 밀이 누구의 것인지 알고 싶었습니다.

"카라바스 후작의 것입니다." 수확하는 사람들이 대답했습니다. 그리고 왕은 다시 한 번 후작과 함께 그 사실을 기뻐했습니다. 고양이는 마차에 앞서서 가면서 만나는 모든 사람에게 계속 같은 말을 했고, 왕은 카라바스 후작의 큰 재산에 놀랐습니다.

고양이는 마침내 식인귀의 아름다운 성에 도착했습니다. 식인귀는 가장 부유한 자였는데, 왕이 지나간 모든 땅은 이 성에 속한 것이었습니다.

이 식인귀가 누구이며, 무엇을 할 수 있는지를 잘 알고 있는 고양이는 식인귀와 이야기하기를 청했습니다. 식인귀의 성에 그렇게 가까이 왔으면서 식인귀에게 인사를 하지 않고 지나가면 예의에 어긋나지 않겠느냐고 하면서요. 식인귀는 식인귀가 할 수 있는 한 최대한 정중하게 고양이를 맞았고, 고양이를 쉬게 했습니다.

"당신은 모든 종류의 동물로 변할 수 있는 능력이 있다고 사람들이 말하던데요. 말하자면 사자, 코끼리로 변할 수 있으신 가요?"

"그렇소." 식인귀가 퉁명스럽게 대답했습니다. "그것을 증명하기 위해 사자가 되는 모습을 보여드리리다."

고양이는 눈앞에 사자의 모습을 보게 되는 것이 몹시 두려워서 즉시 처마로 올라갔습니다. 기와 위를 걷기에 장화가 좋지 않아 힘들기도 하고 위험하기도 했지요.

얼마 후, 고양이는 식인귀가 다시 제 모습이 되는 것을 보고 내려와 정말로 무서웠다고 시인했습니다.

"사람들이 말하기를, 믿어지지 않지만, 당신이 쥐나 생쥐같이 아주 작은 동물로도 변할 수 있다던데 저는 이것이 완전히 불가능하다고 생각합니다."

"불가능하다고!" 식인귀가 대답했습니다. "보시오." 동시에 식인귀는 생쥐로 변하여 마루 여기저기를 달리기 시작했습니다. 고

60 주인 고양이, 혹은 장화 신은 고양이

양이는 생쥐를 보자마자 그것에 뛰어들어 삼켜버렸습니다.

그러는 동안에, 지나가면서 식인귀의 아름다운 성을 본 왕은, 안으로 들어가고 싶었습니다.

도개교 위를 지나가는 마차의 소리를 들은 고양이는 앞으로 달려가 왕에게 말했습니다.

"카라바스 후작의 성에 오신 것을 환영합니다, 전하."

"어쩌면, 후작, 이 성마저 당신의 것이오!" 왕이 소리쳤습니다. "이 정원과 그것을 둘러싼 건물만큼 아름다운 것은 없을 듯하오. 실례지만 안을 봅시다."

후작은 젊은 공주에게 손을 내밀었고, 제일 먼저 올라간 왕의 뒤를 따라, 그들은 큰 홀로 들어갔습니다. 거기에는 그 날 오기로 했던 친구들을 위해 식인귀가 준비한 성대한 음식이 차려져 있었습니다. 왕이 있다는 것을 안 친구들은 들어올 엄두를 내지 못했지요.

카라바스 후작의 좋은 품성에 매혹된 왕은, 딸이 후작을 좋아하는 것을 보고, 또 후작의 큰 재산을 보고, 대 여섯 잔의 술을 마신 후 후작에게 말했습니다.

"당신밖에 내 사위가 될 사람이 없을 듯하오."

후작은 큰절을 하여 왕이 제안한 영광을 받아들이고, 같은 날 공주와 결혼했습니다. 고양이는 위대한 나리가 되어, 기분 전환을 할 때를 제외하고는 생쥐를 쫓지 않았답니다.

〈교훈〉

아버지로부터 아들에게 주어지는

거대한 재산이 큰 혜택이기는 하겠지만

보통 젊은이들에게는

지혜와 사려 분별이

물려받은 재산보다 낫답니다.

〈다른 교훈〉

만약 방앗간 주인의 아들이

그렇게 빨리 공주의 마음을 얻고

그렇게 빨리 간절한 시선을 받았다면

그것은 잘생긴 젊은이의 화려한 옷과 얼굴과 젊음이

젊은 처녀의 애정을 불러일으키는 것과 관계없지 않기

때문입니다.

요정들

두 딸을 가진 과부가 있었습니다. 언니는 성격도 얼굴도 어머니를 몹시 닮아, 그 아이를 보면 어머니를 보는 듯했습니다. 어머니와 언니 둘은 몹시 남에게 불쾌감을 주고 거만해서, 사람들은 그들과 함께 살 수가 없었습니다. 동생은 다정함이나 예의바름에 있어 아버지를 쏙 빼닮았고, 거기에다 누구보다도 아름다웠습니다. 우리가 자연스럽게 자신을 닮은 사람을 좋아하듯이, 어머니는 큰딸을 미친 듯이 좋아했고, 작은딸을 몹시 미워했습니다. 어머니는 작은딸을 부엌에서 자게 하고 쉬지 않고 일하게 했습니다.

이 가련한 딸에게는 그 외의 다른 일 중에 하루에 두 번 집에서 약 반 리외 떨어진 곳에 가서 물을 길어 와야 하는 일이 있었습니다. 그것도 큰 항아리 가득하게요. 하루는 소녀가 샘에서 물을 긷고 있었는데, 초라한 모습의 아주머니가 나타나

마실 것을 달라고 청했습니다.

"그러지요, 아주머니." 이 아름다운 소녀가 말했습니다. 그리고 즉시 자신의 항아리를 물로 가시고 나서, 샘의 가장 좋은 곳에서 물을 길었습니다. 그리고 항아리를 아주머니에게 건네면서 아주머니가 물을 더 편히 마시도록 계속 항아리를 받혔습니다. 착한 아주머니는 물을 마신 뒤, 소녀에게 말했습니다.

"너는 아주 아름답고, 선하고, 정직해서, 너에게 선물을 주지 않을 수 없구나 (왜냐하면, 그 아주머니는 이 어린 소녀의 예의 바름이 어느 정도인지를 보려고 했던 초라한 아주머니의 모습을 한 요정이었기 때문입니다). 요정은 계속 말했습니다. "네가 말을 할 때마다, 네 입에서 꽃이나 보석이 나오게 해 주겠다."

이 아름다운 딸이 집에 도착하자, 어머니는 그녀가 샘에서 늦게 돌아온 것을 꾸짖었습니다.

"너무 늦은 것을 용서해주세요, 어머니." 이 불쌍한 소녀가 말했습니다. 그리고 이 말을 하는 동안, 소녀의 입에서 두 송이의 장미와 두 개의 진주, 그리고 두 개의 큰 다이아몬드가 나왔습니다.

"내가 도대체 무엇을 보고 있는 거지?" 몹시 놀란 어머니가 말했습니다. "입에서 진주와 다이아몬드가 나오네. 어떻게 된 일이니, 딸아? (처음으로 어머니가 소녀를 딸이라고 불렀습니다).

가련한 소녀는, 입에서 계속 다이아몬드를 뱉으면서, 일어났던 모든 일을 꾸밈없이 이야기했습니다.

"내 딸을 보내야겠다." 어머니가 말했습니다. "팡숑아, 동생이 말할 때 입에서 무엇이 떨어지나 보렴. 너도 이런 선물을 받는 것이 좋지 않겠니? 샘에 물을 길으러 가기만 하면 된단다. 그리고 불쌍한 아주머니가 마실 것을 원하면 아주 예절 바르게 마실 것을 주렴."

"샘에 가는 것 재미없는데." 난폭한 언니가 말했습니다.

"네가 그곳에 갔으면 좋겠다. 그것도 당장." 어머니가 말했습니다.

언니는 계속 투덜거리며 샘으로 갔습니다. 언니는 집에 있는 것 중 가장 아름다운 작은 은병을 가지고 갔습니다. 언니가 샘에 도착하자마자 언니는 숲에서 멋지게 차려입은 부인이 나오는 것을 보았습니다. 부인은 언니에게 마실 것을 구했습니다. 부인은 동생에게 나타났던 그 요정이었는데, 언니의 무례함이 어느 정도인지를 보기 위해 멋진 부인의 모습을 하고 나타난 것이었습니다.

"내가 당신에게 물을 주러 여기 왔는지 알아요? 내가 당신 같은 사람에게 물을 주려고 일부러 은병을 가지고 왔는지 알아요! 마시려면 알아서 마셔요." 심술궂고 교만한 언니가 말했습니다.

"너는 전혀 예의 바르지 않구나." 화를 내지 않으면서 요정이 나무랐습니다. "자! 네가 이렇게 친절하지 않으니 네가 말을 할 때마다 입에서 뱀이나 두꺼비가 나오는 선물을 주겠다."

언니의 어머니는 언니를 보자마자 외쳤습니다.

"자, 내 딸아!"

"응, 엄마!" 심술궂은 언니가 입에서 두 마리 살모사와 두 마리 두꺼비를 내뱉으면서 대답했습니다.

"아이고! 내가 무엇을 보고 있는 거지?" 어머니가 외쳤습니다. "동생 때문에 일어난 일이니, 동생이 값을 물어야지." 어머니는 즉시 동생을 때리러 뛰어갔습니다. 불쌍한 동생은 도망쳐 가까운 숲 속에 몸을 숨겼습니다.

사냥에서 돌아오던 왕자가 아름다운 소녀를 보고 소녀가 거기서 혼자 무엇을 하고 있는지 그리고 왜 우는지를 물었습니다.

"아아! 왕자님, 어머니가 저를 집에서 내쫓았답니다."

왕자는, 소녀의 입에서 대여섯 개의 진주와 그 정도 개수의 다이아몬드가 떨어지는 것을 보고, 어떻게 된 일인지를 물었습니다. 소녀는 자신이 겪었던 일을 모두 이야기했습니다. 왕자는 소녀와 사랑에 빠졌습니다. 그리고 소녀의 그러한 능력이 결혼 상대에게 줄 수 있는 어떤 것보다 더 가치가 있다는 생각에 왕자는 소녀를 궁전으로 데리고 가 소녀와 결혼했습니다. 언니는 몹시 미움을 받아, 자신의 어머니마저 언니를 집에서 내쫓았습니다. 그리고 비참한 소녀는, 그녀를 받아주는 사람을 아무도 발견하지 못한 채 이리저리 뛰어다니다가, 숲 구석에서 죽었습니다.

〈교훈〉

다이아몬드와 금화가 많다면,
사는 데 필요한 것을 많이 갖추겠지만,
부드러운 말이 더 값어치가 있고
더 강한 힘으로 우리를 움직입니다.

〈다른 교훈〉

예절 바르기는
어렵습니다. 반드시 노력이 필요합니다.
그럼에도 조만간 보답을 받습니다.
생각지도 않았는데 말입니다.

상드리옹, 혹은 작은 유리 구두

옛날에 아내를 잃어 재혼한 신사가 있었습니다. 그의 두 번째 부인은 누구보다 거만하고 교만했습니다.

부인은 자신의 성질을 닮은 두 딸을 두었는데, 모든 면에서 어머니를 쏙 빼닮았습니다.

남편에게는 어린 딸이 있었는데, 더없이 온화하고 착했습니다. 세상에서 가장 선량한 사람이었던 자기 어머니를 닮은 것이죠.

결혼식이 끝나자마자, 계모는 기분 내키는 대로 화를 내기 시작했습니다. 그녀는 어린 소녀의 좋은 품성을 참을 수 없었는데, 왜냐하면 그것이 자신의 딸들을 더 가증스러운 사람으로 만들었기 때문입니다. 계모는 소녀에게 가장 천한 집안일을 시켰습니다. 설거지하고, 계단을 청소하고, 부인과 딸들의 방을 닦는 것은 소녀였습니다. 언니들은 조각 나무 마루가 깔린 방에서 지냈지만, 소녀는 집 가장 높은 고미 다락방에서 초라한 짚 위에 누워 잠을 잤습니다. 언니들의 방에는 최신 유행의 침대와 머리부터 발끝까지 볼 수 있는 거울이 있었습니다.

불쌍한 소녀는 모든 것을 참을성 있게 견뎌냈고, 소녀를 꾸짖을 것이 뻔한 아버지에게 불만을 호소할 수도 없었습니다. 아버지는 완전히 새어머니의 지배 아래 있었기 때문이지요. 일을 마치면, 소녀는 벽난로 구석으로 가 재 위에 앉아있곤 했는데, 그래서 집에 사는 사람들은 소녀를 보통 퀼상드롱이라 불렀습니다.

언니처럼 그렇게 버릇없지 않았던 동생은, 소녀를 상드리옹이라고 불렀습니다. 그러나 상드리옹은 초라한 옷을 입었어도, 화려하게 차려입은 언니들보다 언제나 백배는 더 아름다웠습니다.

어느 날 왕자가 무도회를 열어, 지체 높은 가문의 모든 사람을 초대했습니다. 우리의 두 숙녀도 초대를 받았는데, 그녀들은 그 지역에서 중요한 사람들이었기 때문입니다.

자매들은 기뻐하며 가장 잘 어울릴 옷과 머리 모양을 고르느라 정신이 없었습니다. 상드리옹에게는 고된 일이 새롭게 생겼는데, 언니들의 옷을 다리고 소맷부리 끝을 풀 먹이고 주름 잡는 일을 해야 했기 때문입니다. 모두 어떻게 치장할는지만 이야기했습니다.

"나는," 언니가 말했습니다. "빨간 벨벳 옷을 입고 영국제 레이스와 리본을 할 테야."

"나는," 동생이 말했습니다. "그냥 평소에 입는 치마를 입을래. 하지만 그 대신, 금빛 꽃무늬 망토를 입고 멋진 다이아몬드 머리핀을 꽂아야지."

두 줄로 된 높은 모자를 쓰기 위해 자매들은 좋은 모자 상인을 불렀고, 유행을 만들어 내는 장인에게 가서 애교 점[04]을 샀습니다. 언니들은 상드리옹을 불러 의견을 물었는데, 상드리옹이 좋은 감식안을 가졌기 때문이지요. 상드리옹은 세상에서 가장 좋은 충고를 했고, 심지어 언니들에게 모자를 씌워주기까지 했는데 언니들은 그러기를 바랐습니다. 모자를 쓰면서, 언니들은 상드리옹에게 말했습니다.

"상드리옹, 넌 무도회에 가고 싶지 않니?"

"아, 언니들, 놀리지 마세요. 제가 갈 곳이 아닌걸요."

"네 말이 맞아. 퀼상드롱이 무도회에 간다면 다 웃을 거야."

상드리옹이 아니라면 언니들에게 모자를 비뚤게 씌울 수도 있었겠지만, 상드리옹은 착했기 때문에 모자를 매우 예쁘게 씌웠습니다. 언니들은 이틀이 가깝도록 아무것도 먹지 않을 정도로 몹시 기분이 좋아 들떠 있었습니다. 허리를 더 가느다랗게 보이기 위해 코르셋 끈을 조이다가 열두 개가 넘는 끈을 끊어

---

04 화장의 일종으로 얼굴에 붙이는 가짜 점.-옮긴이

뜨렸고, 언제나 거울 앞에만 있었답니다.

드디어 즐거운 날이 되었습니다. 언니들이 떠났고, 상드리옹은 되도록 오랫동안 언니들을 눈으로 배웅했습니다. 더는 언니들이 보이지 않게 되자, 상드리옹은 울기 시작했습니다. 눈물이 글썽글썽한 상드리옹을 보고, 대모가 무슨 일인지를 물었습니다.

"나도 …. 나도 …."

소녀는 너무 많이 울어 더는 말할 수가 없었습니다. 요정인 대모가 말했습니다.

"무도회에 가고 싶은 거지, 애야?"

"아, 그래요." 한숨을 쉬면서 상드리옹이 말했습니다.

"착한 소녀가 될 거지? 그러면 네가 그곳에 가게 해 주겠다." 대모가 말했습니다.

대모는 소녀를 방으로 데리고 가 말했습니다.

"정원으로 가서, 호박 하나를 가져와다오."

상드리옹은 당장 제일 아름다운 호박을 따서 그것을 대모에게 가져다주었습니다. 호박이 어떻게 소녀를 무도회에 가게 할지 모르면서요.

소녀의 대모는 호박의 속을 팠고, 껍질만이 남게 되자, 그것에 지팡이를 대었습니다. 그러자 호박은 즉시 온통 황금색 마차로 변했습니다. 이어 요정은 쥐덫을 보러 갔는데, 거기에는 팔

74 상드리옹, 혹은 작은 유리 구두

팔한 생쥐 여섯 마리가 있었습니다. 요정은 상드리옹에게 쥐덫의 문을 조금 열라고 말했고, 나오는 생쥐마다 지팡이를 대었습니다. 그러자 생쥐들은 회색과 흰색의 점이 있는 아름다운 여섯 필의 말이 되었습니다. 요정이 무엇으로 마부를 만들지 걱정하자 상드리옹이 말했습니다.

"쥐덫에 쥐 몇 마리가 있는지 보고 올게요. 그놈으로 마부를 만들어요."

"네 생각이 옳다. 가서 보고 오너라." 대모가 말했습니다.

상드리옹은 대모에게 쥐덫을 가져왔고, 거기에는 큰 쥐 세 마리가 있었습니다. 요정은 세 마리 중 하나를 골랐는데, 굵고 긴 수염 때문이었습니다. 그리고 그것에 지팡이를 대자, 쥐는 크고 뚱뚱한 마부로 변했는데, 그의 수염은 지금까지 보던 것 중 가장 아름다운 수염이었습니다. 이어서 요정은 소녀에게 말했습니다.

"정원으로 가라. 물뿌리개 뒤에 여섯 마리의 도마뱀이 있을 거야. 그놈들을 이리로 가져와다오."

소녀가 도마뱀들을 가져오자마자 대모는 그것들을 여섯 명의 종복들로 만들었습니다. 눈부신 색깔의 옷을 입은 그들은 즉시 마차 뒤에 올라탔는데, 마치 평생 다른 일은 한 적이 없는 듯 그것에 붙어 앉아 있었습니다.

요정이 상드리옹에게 말했습니다.

"자, 이제 무도회에 갈 준비가 다 된 것 같구나. 기쁘지 않니?"

"예, 기뻐요. 하지만 이 초라한 옷을 입고 무도회에 가야 하나요?"

대모가 소녀에게 지팡이를 대자마자, 소녀의 옷은 금과 은으로 만든 옷으로 변했고, 보석으로 빛났습니다. 대모는 이어 소녀에게 유리 구두 한 켤레를 주었는데, 세상에서 가장 예뻤습니다.

이렇게 치장한 후, 소녀는 마차에 올랐습니다. 그러나 대모는 무엇보다 자정을 넘기지 않기를 당부했습니다. 만약 자정을 넘기면 마차는 호박이, 말들은 생쥐가, 종복들은 도마뱀이, 그리고 소녀의 아름다운 옷은 다시 처음의 초라한 옷이 될 것이라고 경고했습니다.

소녀는 대모에게 자정 전에 무도회장을 나오겠다고 약속했습니다. 소녀는 기쁨을 참지 못하며 떠났습니다. 왕자는, 지금까지 사람들이 본 적이 없는 아름다운 공주가 도착했다는 말을 듣고, 소녀를 맞이하러 달려갔습니다. 그는 소녀가 마차에서 내릴 때 손을 내밀었고, 사람들이 모여 있는 방으로 소녀를 데려갔습니다. 방은 몹시 조용해졌습니다. 사람들은 춤추기를 멈추고, 바이올린 소리도 그치고, 모두 알지 못하는 소녀의 아름다움을 주의 깊게 바라보았습니다. 어렴풋이 감탄하는 소리만이

들렸습니다.

"아! 아름답기도 하지!"

몹시 늙었음에도 불구하고, 왕마저 멈추지 않고 소녀를 바라보았고, 왕비에게 낮은 목소리로 그토록 아름답고 사랑스러운 사람을 본 지 오래되었다고 말했습니다.

모든 여자는 소녀의 머리 모양과 옷을 주의 깊게 보았는데, 비슷한 것을 다음 날부터 장만하기 위해서였습니다. 만약 그렇게 아름다운 옷감과 그렇게 솜씨 좋은 직공을 찾을 수만 있다면요.

왕자는 소녀를 가장 귀한 장소로 데리고 가서, 춤추러 나갈 것을 청했습니다. 소녀는 몹시 우아하게 춤을 추었고, 사람들은 소녀를 더욱 황홀이 바라보았습니다. 멋진 음식을 가져왔지만, 왕자는 하나도 먹지 않았습니다. 소녀를 보느라 정신이 팔려 있었기 때문이죠. 소녀는 언니들 곁으로 가 앉아 그들을 무척 친절히 대했습니다. 소녀는 왕자가 준 오렌지와 레몬을 언니들에게 나누어 주었습니다. 소녀의 이런 행동은 언니들을 놀라게 했습니다. 왜냐하면, 언니들은 소녀가 누군지 전혀 몰랐기 때문이죠.

이렇게 이야기를 나누고 있는데, 상드리옹은 11시 45분을 알리는 종소리를 들었습니다. 소녀는 즉시 사람들에게 큰절을 한 후 최대한 빨리 무도회장을 나갔습니다.

78 상드리옹, 혹은 작은 유리 구두

집에 도착하자마자, 소녀는 대모를 찾아가, 고맙다고 한 후, 내일도 무도회에 가고 싶다고 말했습니다. 왕자가 그렇게 부탁했기 때문이죠.

소녀는 대모에게 무도회에서 일어났던 일을 말하느라 정신이 없었습니다. 그때, 두 언니가 문을 두드렸습니다. 상드리옹은 가서 문을 열었습니다.

"늦게 오네요!" 소녀는 마치 잠자리에서 막 일어난 것처럼 하품을 하며, 눈을 비비며, 그리고 기지개를 켜며 언니들에게 말했습니다. 그러나 언니들을 마지막으로 본 이후로, 소녀는 조금도 졸리지 않았습니다.

"네가 무도회에 왔더라면," 언니 중 하나가 말했습니다. "지루하지 않았을 거야. 세상에서 가장 아름다운 공주님, 누구보다도 아름다운 공주님이 왔었단다. 그 공주님은 우리를 친절히 대하며 오렌지와 레몬을 주었단다."

상드리옹은 기뻤습니다. 소녀는 언니들에게 그 공주의 이름을 물었지만, 언니들은 사람들이 그 공주가 누구인지를 모른다고 대답했습니다. 왕자는 공주가 누구인지 모르는 것이 괴로워 그녀가 누구인지를 안다면 세상의 모든 것을 줄 것이라고 언니들이 말했습니다. 상드리옹은 웃으며 말했습니다.

"그렇게 아름다웠어요? 어머나, 언니들은 좋겠다! 저는 그 공주님을 조금이라도 볼 수 없을까요? 아! 자보뜨 언니, 언니가 매일 입는 그 노란 옷을 빌려 줘요."

"꿈도 꾸지 마!" 자보뜨가 말했습니다. "이렇게 초라한 퀼상
드롱에게 옷을 빌려 준다고? 내가 미치기 전에는 안 되지."

상드리옹은 언니가 거절할 것을 잘 알고 있었으며, 그리고
기뻤습니다. 만약 언니가 소녀에게 옷을 빌려주고 싶었다면 많
이 난처했을 것이기 때문입니다.

다음 날, 두 언니는 무도회장에 있었고, 전날보다 더 잘 차
려입은 상드리옹도 있었습니다. 왕자는 계속 소녀 곁에서, 달콤
한 말을 그치지 않았습니다. 소녀는 전혀 지루하지 않았고 대
모가 당부한 말을 잊어버렸습니다. 아직 열한 시도 되지 않았
을 것으로 생각하는데 자정을 알리는 첫 번째 종소리를 들었
지요. 소녀는 일어나 사슴처럼 빨리 뛰어가 버렸습니다.

왕자가 뒤를 따랐지만, 소녀를 잡을 수 없었습니다. 그러나
소녀는 유리 구두 한 짝을 떨어뜨렸고, 왕자는 그것을 조심스
럽게 주웠습니다.

상드리옹은 마차도, 종복도 없이 초라한 옷차림으로 숨 가
쁘게 집에 도착했습니다. 소녀의 화려함에서 남은 것은 소녀가
떨어뜨린 것과 같은 유리 구두 한 짝뿐이었습니다

궁전 문지기에게 혹시 공주가 나가는 것을 보았는지 물었지
만, 공주라기보다는 농부와 같이 초라하게 입은 소녀가 나가는
것을 보았다는 대답뿐이었습니다.

82 상드리옹, 혹은 작은 유리 구두

두 언니가 무도회에서 돌아오자, 상드리옹은 재미있었는지, 또 아름다운 공주님이 왔었는지를 물었습니다. 언니들은 그랬다고 말하면서, 자정을 알리는 소리가 들리자 공주가 가버렸다고 했습니다. 너무 빨리 가느라 세상에서 가장 예쁜 유리 구두 한 짝이 벗겨졌고, 왕자는 그것을 주웠고, 무도회가 끝날 때까지 유리 구두만을 보았으며, 왕자가 유리 구두의 주인과 사랑에 빠졌음이 틀림없다고 언니들은 말했습니다.

언니들의 말은 사실이었습니다. 며칠 후, 왕자는 구두에 발이 맞는 사람과 결혼하겠다고 요란스레 널리 알렸기 때문입니다. 먼저 공주들이 구두를 신어보았고, 이어 공작 부인들이, 그리고 궁중의 모든 여자들이 모두 구두를 신어보았지만, 소용이 없었습니다. 두 언니 차례가 되어, 언니들은 구두에 발을 넣으려고 온갖 힘을 썼지만 그럴 수 없었습니다. 그런 언니들을 보던 상드리옹은, 구두를 알아보고 웃으면서 말했습니다.

"제게 맞는지 신어보게 해 주세요."

소녀의 언니들은 비웃으며 그녀를 놀리기 시작했습니다. 구두를 신겨보던 신사는, 상드리옹을 주의 깊게 보고, 또 소녀가 퍽 아름답다는 것을 안 후, 그녀에게도 구두를 신겨보는 것이 정당하고 또 모든 소녀에게 구두를 신기라는 명을 받았다고 말했습니다.

그는 상드리옹을 앉게 하고, 구두를 소녀의 작은 발에 가져갔고, 발이 어려움 없이 구두에 들어가는 것을 보았습니다. 마치 소녀의 발에 맞게 만든 구두처럼 말입니다. 두 언니는 몹시 놀랐고, 상드리옹이 주머니에서 다른 작은 구두 한 짝을 꺼내 신어 보자 더 놀랐습니다. 그 순간에 대모가 도착해서, 상드리옹의 옷에 지팡이를 한 번 대자, 다른 모든 옷보다 더 아름다운 옷이 되었습니다.

그때야, 소녀의 언니들은 소녀가 무도회에서 봤던 그 아름다운 사람임을 알았습니다. 언니들은 소녀의 발에 몸을 던져 소녀가 견뎌야만 했던 나쁜 대우를 용서해 달라고 부탁했습니다.

상드리옹은 언니들을 일으켜, 안으면서, 기꺼이 언니들을 용서하며 자신을 항상 사랑해 주기를 부탁한다고 말했습니다. 사람들은 전처럼 차려입은 소녀를 왕자에게로 데려갔습니다. 왕자는 소녀가 전보다 더 아름답다고 생각하고, 며칠 후, 그 소녀와 결혼했습니다.

아름다운 만큼이나 착한 상드리옹은, 두 언니를 궁전에서 살도록 배려하였고, 궁정의 두 귀족과 같은 날에 결혼시켰답니다.

〈교훈〉

아름다움이란 여자들이 욕망하는 진귀한 보물이고,

모든 사람은 그것에 감탄하기를 지치지 않습니다.

그러나 우아함이라는 것이

돈으로 살 수는 없지만 더 값지답니다.

그것이 상드리옹을 여왕으로 만들기 위해
상드리옹의 대모가 상드리옹을 기르고 가르치며
알게 한 것입니다.
(이 이야기의 교훈이 이것입니다.)

미녀들이여, 멋진 모자를 쓰는 것보다 이 선물이 더 값집
니다.
마음을 사로잡고 사랑을 성취하기 위해서
우아함이야말로 요정의 최상의 선물이랍니다.
그것이 없으면 아무것도 할 수 없지만
그것이 있다면 무엇이든 할 수 있죠.

〈다른 교훈〉
하늘로부터
정신, 용기, 출생 신분, 양식
그리고 이와 비슷한 다른 재능을 타고 난 것은
당신에게 큰 이점일 수 있다는 것을 인정합니다.
그러나 당신이 성공하기 위해 재능을 가치 있게 해 줄
대부나 대모가 없다면 아무 소용이 없답니다.

도가머리 리케

옛날에 한 아들을 낳은 여왕이 있었습니다. 그 아이는 하도 못생기고 몸도 기형이어서, 사람들은 오래도록 그것이 사람의 형상인지를 의심했습니다.

그가 태어날 때 있었던 요정은 그래도 그가 매력적일 것이라고 확언했는데, 왜냐하면 그는 재치가 넘칠 것이기 때문이었죠. 여기에 요정은 자신이 방금 준 선물 덕택으로, 그가 제일 사랑하는 사람을 그 자신만큼이나 재치 있게 할 수 있다고 덧붙였습니다. 왕비는 그토록 추한 어린애를 세상에 나오게 한 것이 무척 고통스러웠지만, 이 모든 것이 왕비에게 조금 위로가 되었습니다.

정말로 아이는 말하기를 시작하자마자 멋진 말을 했고, 그의 행동에는 무언가 기발한 것이 있어서, 사람들은 그것에 매혹당했습니다. 그가 세상에 도가머리를 하고 태어났다는 것을 말씀드리기를 잊었네요. 그래서 사람들은 그를 도가머리 리케라고 불렀습니다. 리케는 성이었지요.

7, 8년이 지나 이웃 왕국의 여왕이 두 딸을 낳았습니다. 첫째는 아주 아름다웠고 여왕은 그것이 너무나 기뻤습니다. 그러나 사람들은 여왕의 지나친 큰 기쁨이 화를 가져올 것이라고 걱정했습니다. 도가머리 리케의 탄생을 지켜보았던 요정이 나타나, 여왕의 즐거움을 진정시키기 위해, 이 공주는 전혀 슬기롭지 않을 것이며, 아름다운 만큼이나 어리석을 것이라고 말했습니다. 여왕은 이 말에 몹시 고통스러웠는데, 얼마 후 훨씬 더 큰 슬픔이 생겼습니다. 태어난 두 번째 딸이 몹시 못생겼기 때문이지요.

"그렇게 슬퍼하지 마세요, 여왕님." 요정이 말했습니다. "따님은 다른 복을 받을 거예요. 공주님은 재치가 넘쳐서, 아무도 공주님이 아름답지 못하다는 것을 알지 못할 거예요."

"부디 그렇게 되기를." 여왕이 대답했습니다. "그런데 그토록 아름다운 언니를 조금이라도 슬기롭게 할 수는 없을까요?"

"슬기로움에 관해서라면, 공주님을 위해 저는 아무것도 할 수 없습니다." 요정이 말했습니다. "그러나 아름다움에 관해서라면 무엇이든 할 수 있습니다. 그리고 저는 여왕님의 만족을 위해 무엇이든 할 수 있으니, 공주님에게 마음에 드는 사람을 아름답게 만들 수 있는 능력을 드리겠어요."

두 공주가 자라면서, 완벽함에 있어 그들의 자질도 같이 자라나, 사람들은 언니의 아름다움과 동생의 재치에 대해서만 말했습니다. 그들의 결점도 나이를 먹어감에 따라 심해졌습니다. 동생은 보기에 점점 더 추해졌고, 언니는 날이 갈수록 더 바보가 되었습니다. 묻는 사람에게 아무 대답도 못 하는가 하면 바보 같은 말을 했습니다. 거기에다 몹시 서툴러 자기 네 개를 벽난로 위에 둘 때면 꼭 하나를 깼고, 물 한 컵을 마시면 꼭 반을 옷에 흘렸습니다.

젊은 여성에게 아름다운 것은 크게 유리하지만, 동생이 모든 모임에서 언니를 이겼습니다. 우선 사람들은 가장 아름다운 사람에게 가서 보고 또 감탄하지만, 온갖 기분 좋은 이야기를 들으러 즉시 가장 재치 있는 사람에게 갔습니다. 15분이 채 넘기 전에 언니 곁에는 아무도 없고, 모든 사람이 동생 곁에 있다는 것에 사람들은 놀랐습니다.

언니는 비록 어리석었지만, 자신이 어리석다는 것을 잘 알았고, 동생의 재치의 반만이라도 가질 수 있다면 자신의 모든 아름다움을 후회 없이 주었을 것입니다. 몹시 현명한 여왕은, 공주의 어리석은 짓을 여러 번 꾸짖을 수밖에 없었고, 그래서 불쌍한 공주는 죽을 만큼 슬펐습니다.

하루는 공주가 자신의 불행을 한탄하러 혼자 숲 속을 가고 있었는데, 몹시 추하고 불쾌한, 그러나 몹시 화려하게 차려입은 작은 남자가 그녀에게 오는 것을 보았습니다. 이는 젊은 왕자 도가머리 리케였습니다. 그는 온 세상에 돌아다니는 그녀의 초상화를 보고 사랑에 빠져, 공주를 보고 함께 이야기하는 즐거움을 누리기 위해 아버지의 왕국을 떠난 것이었습니다.

이렇게 혼자 있는 공주를 만난 것이 기뻐 그는 그녀에게 상상할 수 있는 최대한의 존경과 친절함을 갖추고 공주에게 다가갔습니다. 일상적인 인사말을 건넨 후, 공주가 매우 우울하다는 것을 안 왕자는 말했습니다.

"당신처럼 아름다운 사람이 이처럼 슬퍼 보이는 이유를 알 수 없군요. 제가 수많은 미녀를 본 것을 자랑할 수 있어도, 당신만큼 아름다운 사람을 본 적이 없습니다."

"장난이시겠지요." 공주가 대답하고, 말을 멈췄습니다.

"아름다움은," 도가머리 리케가 말을 이었습니다. "너무나 큰 이점이라 그 밖의 다른 모든 것을 보상할 수 있습니다. 그것을 가지면, 아무것도 우리를 불행하게 만들 수 없지요."

"저는 차라리," 공주가 말했습니다. "당신처럼 추하고 슬기로웠으면 좋겠어요. 저처럼 아름답고 어리석기보다는요."

"슬기롭지 않다는 생각만큼 슬기로운 것은 없답니다. 슬기로움의 본성은 그것을 더 가질수록 그것을 덜 가지고 있다는 생각이 드는 것이랍니다."

"그런 것은 몰라요," 공주가 말했습니다. "하지만 제가 몹시 어리석다는 것은 알고, 그래서 죽을 만큼 괴로워요."

"만약 당신을 괴롭히는 것이 그것이라면, 저는 당신의 고통을 쉽게 없앨 수 있습니다."

"어떻게요?" 공주가 말했습니다.

"제게는 가장 사랑하는 사람에게 사람이 가질 수 있는 최대한의 슬기로움을 줄 수 있는 능력이 있답니다. 그리고 당신이 제가 가장 사랑하는 사람이니, 당신이 저와 결혼하기를 바라기만 한다면 당신이 가장 슬기로워지는 것은 당신에게 달려있습니다."

공주는 매우 놀라 가만히 있었고 아무 말도 하지 않았습니다.

"이 제안이 당신에게 괴로움을 준다는 것을 알고, 그것에 대해 놀라지 않습니다. 당신이 결정할 수 있도록 일 년을 드리겠습니다."

공주는 너무나 슬기롭지 않았고, 그리고 너무나 슬기로워지고 싶었기 때문에, 한 해의 끝이 올 거라고 전혀 생각하지 못했습니다. 그래서 왕자의 제안을 받아들였지요.

공주가 도가머리 리케에게 일 년 후 같은 날 결혼하겠다고 약속하자마자, 그녀는 전과 완전히 다른 사람이 된 것처럼 느꼈습니다. 그녀는 자신의 마음에 드는 것을 믿을 수 없을 만큼 쉽게 얘기하는 자신을 발견했습니다. 그것도 섬세하고, 간단하고, 자연스럽게요. 그 순간부터 공주는 품위 있고 고상한 대화를 도가머리 리케와 나누기 시작했습니다. 공주의 슬기가 너무 뛰어나 도가머리 리케는 자기 몫으로 남겨 두어야 할 재치보다 더 많은 재치를 공주에게 주었다는 생각이 들었습니다.

공주가 궁전에 돌아오자, 궁정의 모든 사람은 그토록 갑작스럽고 이상한 변화를 어떻게 생각해야 할지 몰랐습니다. 전에 어리석은 소리를 들은 만큼, 몹시 분별 있고 슬기로운 소리를 들었으니까요. 궁정의 모든 사람은 상상할 수 없을 만큼 기뻤습니다. 마음이 편하지 않은 것은 동생뿐이었는데, 언니를 재치로 이기지 못하게 되자, 동생은 언니 곁에서 오직 몹시 불쾌한 원숭이처럼 보였기 때문입니다. 왕도 언니의 의견을 따랐고, 언니의 방에서 회의를 열기도 했습니다.

이런 변화의 소문이 퍼져, 이웃 나라의 젊은 왕자들은 공주의 사랑을 받기 위해 큰 노력을 했고, 거의 모두가 청혼했습니다. 그러나 공주는 매우 슬기로운 사람을 발견하지 못했습니다. 모두의 말을 들었습니다만, 그중 누구와도 결혼한다고 공표하지 않았습니다.

그렇지만 세력이 강하고, 부유하고, 슬기롭고 체격이 좋은 사람이 나타나, 공주는 그에게 호감을 느끼지 않을 수 없었습니다. 왕은 그것을 안 후, 공주에게 마음대로 신랑을 선택할 것을 명했습니다. 공주는 자신의 의견을 말하기만 하면 되었습니다.

슬기로울수록 이러한 일에 대해 확고한 결심을 하는 것은 어려운 일이라, 공주는 아버지에게 감사한 후, 생각할 시간을

달라고 했습니다.

그녀는 우연히 도가머리 리케를 발견했던 숲 속을 거닐게 되었습니다. 해야 할 일을 더 편히 생각하기 위해서지요. 깊이 생각에 잠겨 걷고 있는데, 그녀는 발아래에서 나는 어렴풋한 소리를 들었습니다. 마치 왔다 갔다 하면서 움직이는 사람들 소리 같았지요. 더 주의 깊게 들으려 하자, 한 사람이 '내게 그 냄비를 줘', 다른 사람이 '그 솥을 줘', 또 다른 사람이 '불에 나무를 더 넣어'라고 말하는 소리가 들렸습니다. 동시에 땅이 갈라지고, 그녀는 발아래에서 큰 부엌을 보았습니다. 그것은 멋진 향연을 차리기에 필요한 요리사들, 부엌 하인들 그리고 요리에 필요한 모든 종류의 하인들로 가득 차 있었습니다. 거기서 스물에서 서른 명의 고기 굽는 사람들이 나왔습니다. 그들은 숲길 가운데 난 가로수길을 따라 가서, 매우 긴 탁자 주위에 자리를 잡고, 손에는 비계 끼우는 꼬챙이를 들고, 머리에는 꼬리 달린 모자를 쓰고, 화음에 맞춰 노래를 부르며 일을 시작하고 있었습니다.

공주는 이 광경을 보고 놀라, 그들이 누구를 위해 일하고 있는지 물었습니다.

"이것은," 무리 중 가장 눈에 띄는 이가 말했습니다. "내일 결혼하실 도가머리 리케 왕자님을 위한 것입니다." 공주는 일 년 전에 도가머리 리케 왕자와 결혼 약속을 한 것이 생각났고, 깜짝 놀랐습니다. 공주가 결혼 약속을 기억하지 못한 이유는,

공주가 그 약속을 했을 때는 어리석었지만, 왕자한테 새로운 생각의 힘을 얻었을 때, 그녀는 자신의 모든 어리석음을 잊었기 때문입니다. 공주가 삼십 걸음도 채 걷기도 전에, 도가머리 리케가 부유하고, 호화롭게 옷을 입고, 어느 모로 보나 결혼할 왕자의 모습으로 그녀 눈앞에 나타났습니다.

"보시다시피, 저는 약속을 정확히 지키기 위해 왔습니다. 당신이 약속을 지키기 위해 여기로 왔다는 것을, 그리고 나와 결혼함으로써 모든 남자 중에서 나를 가장 행복한 남자로 만들리라는 것을 조금도 의심하지 않습니다." 그가 말했습니다.

"솔직히 말씀드리죠." 공주가 말했습니다. "그 점에 대해 아직 결정을 못 내렸습니다. 또 당신이 원하는 결정을 결코 못 내릴 것 같습니다."

"저를 놀라게 하시는군요." 도가머리 리케가 말했습니다.

"그렇겠지요. 만약 제가 무례하고 어리석은 사람을 상대하고 있다면 확실히 전 난처할 거예요. 공주가 약속했으니 나와 결혼해야 한다고 그는 말하겠지요. 그러나 제가 이야기를 나누고 있는 사람이 세상에서 가장 슬기로운 자이니, 그는 이해할 것으로 생각해요. 당신은 제가 어리석었을 때에도 제가 당신과 결혼하려는 결정을 내리지 못했음을 아실 거예요. 그런데 당신이 슬기로움을 줘, 사람들에 대해서 이전보다 제가 더욱 까다롭게 되었는데, 그때 내리지 못한 결정을 오늘 내리기를 바라시나요? 만약 당신이 정말로 나와 결혼하기를 바라신다면, 당신이 제 어리석음을 없앤 것은 매우 큰 잘못이에요. 저는 예전에 몰랐던 것을 잘 알게 되었답니다."

"만약 슬기롭지 못한 자가—당신이 조금 전에 말했듯이—약속을 지키지 않는 당신을 비난하는 것이 정당화될 수 있다면," 도가머리 리케가 말했습니다. "제 일생의 행복이 달린 문제인데, 어쩌서 제가 당신을 비난하지 않으리라고 생각하십니까? 슬기를 가진 사람이 그렇지 못한 사람보다 못한 처지에 있는 것이 올바른 것입니까? 슬기를 가졌고, 가지기를 그토록 원했던 공주님이 어떻게 그런 말씀을 할 수 있습니까? 그러나 요점만 말하겠습니다. 나의 추함 말고, 내가 당신을 불쾌하게 하는 것이 있습니까? 당신은 나의 출생, 마음, 기질, 태도에 만족하지 않으시나요?"

"만족합니다," 공주가 대답했습니다. "저는 당신이 말한 모든 바에 매력을 느낍니다."

"만약 그게 사실이라면," 도가머리 리케가 대답했습니다. "저는 행복할 것입니다. 왜냐하면, 당신은 나를 남자 중 가장 멋진 사람으로 만들 능력이 있기 때문입니다."

"어떻게 그런 일이 가능하죠?" 공주가 그에게 말했습니다.

"그것이 이루어질 만큼 당신이 나를 사랑하면 됩니다." 도가머리 리케가 말했습니다. "의심하지 마세요. 내가 태어난 날 내게 내 마음에 드는 사람을 슬기롭게 만들 수 있는 능력을 준 요정이, 당신에게는 당신이 사랑하는 사람을 아름답게 만들 수 있는 능력을 주었으니까요. 당신이 사랑하고 그 능력을 부여하고 싶은 사람이라면."

"만약 그렇다면," 공주가 말했습니다. "저는 제 온 마음으로 당신이 세상에서 가장 아름답고 가장 사랑스러운 왕자가 되기를 바라요. 제 안에 그렇게 할 능력이 있는 한, 이 선물을 당신에게 드리지요."

공주가 이 말을 하자마자, 도가머리 리케는 공주의 눈에 이 세상에서 가장 잘생기고, 체격도 좋고, 매력적인 사람으로 보였습니다.

어떤 사람들은 이것은 요정의 마법 때문이 아니라, 오직 사랑에 의한 변신이라고 말합니다. 공주는 자기 연인의 참을성과 지능, 그리고 그의 영혼과 슬기의 모든 점을 깊게 생각하여, 더는 그의 몸의 기형과 얼굴의 추함을 보지 못했다고 사람들은 말합니다. 그의 곱사등은 점잔빼는 남자의 훌륭한 풍모로 보였고, 지독히 저는 다리도 공주를 매혹하는 살짝 구부린 모습으로 보였다는 것입니다. 사람들은 사팔뜨기인 그의 눈이, 공주에게는 더할 나위 없이 빛나는 눈으로, 그리고 영혼의 불균형은 격정적인 사랑의 분출을 나타내는 것으로, 마침내 그의 커다란 빨간 코는 공주에게 무언가 용맹하고 영웅적인 것으로 보였다고 말합니다.

하여튼, 공주는 아버지의 승낙만 받으면 그와 결혼하겠다고
즉시 약속했습니다. 왕은 딸이 도가머리 리케를 많이 존중하였
고, 게다가 사윗감이 몹시 슬기롭고 현명한 왕자라고 알고 있
었기에, 그를 기꺼이 사위로 받아들였습니다. 다음 날 결혼식이
있었는데, 도가머리 리케가 미리 예견하고 오래전 내린 명령에
의한 것이었습니다.

〈교훈〉
당신이 읽은 이 이야기는
거짓이 아니라 진실입니다.
당신이 사랑하는 사람의 모든 것은 아름다워 보이고
당신이 사랑하는 모든 사람은 슬기롭습니다.

〈다른 교훈〉
사랑의 대상 중
자연이 부여한 아름다운 용모와
어떤 예술로도 따라올 수 없을 만큼
생생한 안색을 가진 사람들이 있지만,
사랑하는 사람만이 발견하는 보이지 않는 매력이 없다면
사람의 마음은 움직이지 않습니다.

엄지 동자

옛날에 일곱 명의 사내아이들을 둔 나무꾼 부부가 살았습니다. 첫째는 열 살밖에 되지 않았고, 막내는 일곱 살밖에 되지 않았습니다.

나무꾼이 그토록 짧은 시간 안에 그렇게 많은 아이를 가진 것에 놀라셨을 것입니다. 그러나 그의 아내는 많은 일을 재빨리 해치웠고, 한 번에 두 명 이상을 낳았습니다.

그들은 몹시 가난하여, 일곱 명의 아이들은 큰 짐이 되었습니다. 그중 아무도 밥벌이를 하지 못했기 때문입니다. 그들을 더 슬프게 한 것은, 막내가 매우 민감하고 아무 말도 하지 않는 것이었습니다. 그의 지혜를 어리석음의 표지로 안 것이지요.

그 아이는 몹시 작았고, 태어났을 때 엄지손가락만 했기에 엄지 동자라고 불렸습니다. 이 가련한 아이는 집안의 천덕꾸러기였고, 모두 언제나 잘못을 그 아이의 탓으로 돌렸습니다. 그럼에도 불구하고 그 아이는 모든 형제 중 가장 똑똑하고 사려가 깊고, 말을 많이 하지 않았지만, 많이 들었습니다. 흉년이 들고, 기근이 심해 가난한 부부는 아이들을 버리기로 했습니다. 아이들이 잠자리에 든 어느 날 저녁, 불가 옆에서 아내와 함께 있던 나무꾼은, 슬픔으로 가슴이 미어지며 말했습니다.

"우리는 아이들을 먹여 살릴 수 없어. 아이들이 내 앞에서 굶어 죽는 모습을 차마 볼 수 없으니, 나는 내일 아이들을 숲속으로 데리고 가 거기에다 버리려 해. 아이들이 나뭇단을 만드느라 즐거울 때, 몰래 도망치면 되니 어려운 일이 아니야."

"아!", 나무꾼의 아내가 소리쳤습니다. "어떻게 당신은 아이들을 데려다 버릴 수 있어요?"

남편이 그들의 심한 가난을 아무리 환기해도 아내는 동의할 수 없었습니다. 가난했지만, 그녀는 아이들의 어머니였으니까요. 그러나 그녀는 아이들이 배고픔으로 죽는 것을 보는 슬픔을 생각하고, 남편의 제안에 동의한 뒤, 울며 잠자리로 갔습니다. 엄지 동자는 그들이 말하는 것을 다 들었습니다. 침대 속에서 그들의 말을 듣고, 조용히 일어나 아버지의 걸상 밑으로 들어가 몰래 엿들은 것이지요. 그는 잠자리로 가 자지 않고 할일을 생각하며 밤을 새웠습니다.

엄지 동자는 일찍 일어나, 개울가로 가 작은 흰 조약돌들로 주머니를 채웠습니다. 모두 떠났고, 엄지 동자는 그가 알고 있

는 사실을 형들에게 전혀 말하지 않았습니다. 그들은 매우 빽빽한 숲 속으로 갔는데, 열 발자국 거리에서 서로 보지 못할 정도였습니다. 나무꾼은 나무를 베기 시작했고, 아이들은 작은 나뭇가지들을 모아 나뭇단을 만들었습니다. 아버지와 어머니는, 아이들이 일하는 것에 몰두하는 가운데, 그들이 모르는 사이에 그들한테서 점점 멀어지더니 좁은 샛길로 갑자기 도망쳤습니다.

아이들은 자기들끼리만 있는 것을 알게 되자, 온 힘을 다하여 울부짖기 시작했습니다.

엄지 동자는 형들이 울도록 내버려두었는데, 어느 길로 집으로 돌아가야 할지 알고 있었기 때문이죠. 길을 따라 걸으면서 주머니 안에 있던 흰 조약돌들을 떨어뜨렸으니까요. 그가 형들에게 말했습니다.

"걱정하지 마세요, 형들. 부모님이 우리를 여기에 버리셨지만, 형들을 다시 집으로 돌려보낼 테니, 날 따라오기만 해요."

형들은 엄지 동자를 따라갔고, 엄지 동자는 숲으로 왔던 같은 길로 집까지 형들을 데려갔습니다. 그들은 감히 들어가지 못하고, 문에 몸을 기댄 채로 부모가 하는 말을 들었습니다.

나무꾼 부부가 집에 도착하자, 즉각 마을의 영주가 그들에게 오래전에 주어야 했던 그러나 부부가 다시 받을 것으로 생각하지 않았던 십 에퀴를 보냈습니다.

이것으로 그들은 다시 살아났는데, 이 불쌍한 부부는 배고 픔으로 죽을 지경이었기 때문입니다. 나무꾼은 즉시 아내를 푸 줏간에 보냈습니다. 무엇을 먹은 지 오래였기에, 그녀는 두 사 람이 먹을 저녁의 세 배가 되는 고기를 샀습니다. 실컷 먹은 후, 나무꾼의 아내가 말했습니다.

"아! 불쌍한 아이들은 지금 어디에 있을까요? 남은 것으로 도 좋은 식사가 될 텐데요. 아이들을 버리기로 원한 건 당신이 에요, 기욤. 나는 우리가 후회할 거라고 했지요. 지금 숲 속에서 아이들은 무엇을 하고 있을까요? 아! 하느님, 늑대가 벌써 잡아 먹었는지도 몰라요! 그렇게 아이를 버리다니 당신은 피도 눈물 도 없는 인간이에요!"

나무꾼은 마침내 인내심의 한계에 다다랐습니다. 아내가 스 무 번 넘게 그들이 후회할 것이라고, 자신이 그렇게 말했다고 되풀이해서 말했기 때문입니다. 남편은 말을 멈추지 않으면 때 리겠다고 위협했습니다.

나무꾼이 아내보다 덜 괴로워서가 아니라, 아내가 남편의 귀가 아프게 떠들어댔기 때문입니다. 그는 많은 사람들처럼 말 을 잘하는 여자를 좋아하지만, 항상 옳은 소리만 하는 여자는 참지 못하는 성미였습니다. 아내는 눈물로 가득했습니다.

"아! 지금 아이들은 어디 있을까, 내 가엾은 아이들은!"

그녀는 너무 크게 말해, 문가에서 그 말을 들은 아이들은 모두 같이 소리치기 시작했습니다.

"우리 여기 있어요! 우리 여기 있어요!"

아내는 빨리 달려나가 문을 열었고, 그들을 안으면서 말했습니다.

"내 사랑하는 아이들아, 너희를 다시 보니 정말 기쁘구나! 지치고 배가 고프겠지, 그리고 피에로야, 온통 진흙투성이구나, 이리 오렴, 얼굴을 씻어줄 테니."

피에로는 장남이었고 어머니는 그 아이를 다른 아이들보다 더 사랑했는데, 그 아이의 머리카락 색이 조금 붉었고, 어머니 역시 머리카락 색이 조금 붉었기 때문입니다.

아이들은 식탁에 앉아 음식을 맛있게 먹어 그 모습을 바라보는 부모의 마음은 기쁨으로 넘쳤습니다. 아이들은 숲 속에서 무서웠다고 거의 동시에 이야기했습니다. 이 착한 사람들은 다시 아이들을 보게 되어 기뻤지만, 그 즐거움은 10에퀴가 있을 때까지였습니다.

돈을 다 써버리자, 그들은 다시 처음처럼 슬퍼졌습니다. 그리고 다시 아이들을 버리기로 했습니다. 그리고 실패하지 않기 위해 처음보다 더 훨씬 먼 곳으로 아이들을 데려가기로 했습니다. 그러나 아무리 그들이 남몰래 이야기했다 해도 엄지 동자는 그들의 말을 들었고 지난번처럼 곤경을 모면할 수 있다고 확신했습니다. 그러나 조약돌을 줍기 위해 이른 아침에 일어났지만, 그는 그럴 수가 없었습니다. 집의 문이 이중으로 잠겨 있었기 때문입니다.

엄지 동자는 어찌할 바를 몰랐습니다. 하지만 어머니가 아이들 각자에게 점심으로 먹을 빵 덩어리를 주자, 그것을 조약돌 대신으로 쓸 수 있다는 생각이 들었습니다. 지나갈 길을 따라 빵조각을 떨어뜨리는 것이지요. 그는 호주머니에 빵을 넣었습니다.

부모는 아이들을 가장 빽빽하고 어두운 숲 속으로 데려갔습니다. 그리고 도착하자마자, 그들은 아이들을 그곳에 남겨두고 샛길을 통해 돌아갔습니다.

엄지 동자는 많이 슬퍼하지 않았습니다. 지나오면서 온통 뿌린 빵조각들로 쉽게 길을 찾을 수 있을 것으로 생각했기 때문이죠. 그러나 엄지 동자는 단 한 조각의 빵도 발견할 수 없어서 놀랐습니다. 새들이 와서 다 쪼아 먹었기 때문입니다.

아이들은 몹시 괴로웠습니다. 걸을수록 더 길을 잃었고 숲 속 깊숙이 들어갔습니다.

밤이 되었고, 센 바람이 무시무시하게 불어 그들은 무서운 공포에 사로잡혔습니다. 그들을 먹으러 온 늑대의 울음소리를 사방에서 듣는 듯했습니다. 그들은 서로 말을 할 수도, 머리를 돌릴 수도 없었습니다. 굵은 비가 와 아이들은 뼛속까지 젖었습니다. 한 발자국을 디딜 때마다 미끄러져 진흙 속으로 넘어졌고, 진흙으로 뒤범벅되어 일어났습니다. 더러운 손으로 무엇을 할지 모르면서요.

엄지 동자는 무엇이 있는지 보려고 나무 위로 올라갔고, 사방을 둘러본 후 촛불처럼 보이는 희미한 빛을 보았습니다. 그러나 그 빛은 꽤 멀리, 숲 너머에 있었습니다. 나무에서 내려와 땅에 서자, 그는 그것을 더는 보지 못해 몹시 슬펐습니다. 하지만 그가 본 빛을 향해 형들과 함께 얼마간 걷노라니 숲을 나오자 다시 빛이 보였습니다. 그들은 몹시 무서워하며 마침내 이 촛불이 있는 집에 도착했습니다. 움푹 팬 길에 들어갈 때마다 불빛이 보이지 않았기 때문입니다.

문을 두드리자, 선량한 여인이 나와 문을 열었습니다. 그녀는 아이들에게 무엇을 원하는지를 물었습니다. 엄지 동자는 그들이 숲 속에서 길을 잃은 가련한 아이들이며 자비심으로 그들에게 잠자리를 줄 것을 원한다고 말했습니다. 이 여인은 귀여운 아이들을 보면서 울기 시작했고, 아이들에게 말했습니다.

"아! 가련한 아이들아, 여기가 어디라고 왔니? 여기는 어린 아이들을 잡아먹는 식인귀의 집이란다."

"아! 아주머니," 다른 형들처럼 벌벌 떨고 있던 엄지 동자가 대답했습니다. "저희는 어떻게 해야 할까요? 만약 아주머니 댁에 피하지 않으면 오늘 밤 숲 속의 늑대가 저희를 먹어버릴 것이 분명해요. 그리고 아저씨가 식인귀라면, 우리는 차라리 아

저씨가 저희를 먹는 게 좋겠어요. 만약 아주머니가 부탁하시면 아저씨가 우리를 불쌍히 여기실지도 몰라요."

식인귀의 아내는 아이들을 내일 아침까지는 남편 몰래 숨길 수 있다고 생각하고서, 아이들을 들어오게 했고 타오르는 불가에서 몸을 녹이게 했습니다. 식인귀가 저녁으로 먹을 양한 마리가 쇠꼬챙이에 통째로 꽂혀 있었기 때문입니다.

아이들이 몸을 녹이고 있는데, 누군가가 서너 번 크게 문두드리는 소리를 들었습니다. 돌아온 식인귀였습니다. 아내는 즉시 아이들을 침대 밑에 숨기고 문을 열러 갔습니다. 식인귀는 우선 저녁이 다 되었는지, 그리고 통에서 포도주를 따랐는지를 물었습니다. 그런 다음 곧 식탁에 앉았습니다. 양고기는 아직도 피에 젖어 있었지만, 식인귀에게는 먹기에 그만큼 더 좋아 보였습니다. 그는 오른쪽으로 왼쪽으로 냄새를 맡더니 신선한 살 냄새가 난다고 말했습니다.

"아마도 제가 방금 조리해놓은 송아지 냄새를 맡으시나 봐요." 아내가 말했습니다.

"다시 한 번 말하지만 신선한 살 냄새가 나." 식인귀가 아내를 곁눈으로 흘겨보며 꾸짖었습니다. "내가 모르는 무엇인가가 있어."

이 말을 하면서, 그는 식탁에서 일어나 곧 침대로 갔습니다.

"맙소사! 날 속이려 들다니, 이 빌어먹을 여편네야! 내가 왜

당신을 잡아먹지 않는지 모르겠어. 늙은 것을 기쁘게 생각해. 며칠 후면 식인귀 친구 세 명이 나를 보러 올 텐데 마침 대접할 사냥감이 생겼군."

그는 침대 아래에서 아이들을 하나씩 빼냈습니다. 이 불쌍한 아이들은 무릎을 꿇고 용서를 구했습니다. 그러나 아이들이 상대해야 하는 식인귀는 가장 잔혹한 식인귀였고, 식인귀는 동정심을 갖기는커녕 벌써 눈으로 그 아이들을 삼켜버렸습니다. 그리고 그는 아내에게 좋은 소스로 요리하면 맛있는 음식이 될 것이라고 말했습니다. 그는 큰 칼을 가지러 갔습니다. 그는 왼손으로 잡고 있는 긴 숫돌에 칼을 갈면서, 이 불쌍한 아이들에게 가까이 갔습니다. 식인귀가 한 아이를 벌써 움켜쥐고 있는데, 아내가 말했습니다.

"지금 이 시각에 무엇을 하시려고 해요? 내일 아침에 시간은 충분하지 않나요?"

"입 닥쳐," 식인귀가 말했습니다. "오래 걸어두면 고기가 더 연해질 거야."

"하지만 고기라면 얼마든지 걸려 있어요." 아내가 말했습니다. "송아지 한 마리, 양 두 마리, 그리고 돼지 반 마리가 있어요!"

"당신 말이 맞아." 식인귀가 말했습니다. "살이 빠지지 않도록 저녁밥을 많이 줘서 잠을 재워."

선량한 여인은 기뻐서 어쩔 줄 몰라 하며 아이들에게 저녁을 주러 갔습니다. 그러나 아이들은 공포에 질려 먹을 수가 없었습니다. 식인귀는 술을 마시기 시작했는데, 친구들을 잘 접대하게 된 것이 기뻤습니다. 그는 평소보다 열두 잔 더 많이 술을 마셨고 술기운이 머리로 올라와 잠을 자러 갔습니다. 식인귀에게는 일곱 명의 딸이 있었는데 아직 어린애들이었습니다. 이 작은 식인귀 아이들은 아버지처럼 신선한 살을 먹기 때문에 모두 퍽 좋은 안색을 가지고 있었습니다. 그러나 작은 눈과 동그랗고 회색 갈고리 모양의 코, 그리고 몹시 커다란 입을 가지고 있었습니다. 이빨은 몹시 뾰족하고 이빨들 사이는 서로 벌어져 있었지요. 딸들은 아직 그렇게 냉혹하지 않았지만, 그럴 가능성이 많았습니다. 벌써 어린아이를 물어뜯고 피를 빨아먹었지요.

식인귀의 아이들은 빨리 잠자리에 들었는데, 일곱 명 모두가 큰 침대에서 함께 잠을 잤습니다. 모두 머리 위에 금으로 된 관을 썼지요. 방에는 같은 크기의 다른 침대가 있었는데, 식인귀의 아내는 일곱 명의 아이들을 거기서 자게 하고 잠을 자러 남편에게 갔습니다.

엄지 동자는 식인귀의 딸들이 머리 위에 금으로 된 관을 쓴 것을 눈여겨보았고, 식인귀가 저녁에 아이들의 목을 베지 않은 것을 후회할 것이 걱정되었습니다. 엄지 동자는 한밤중에 일어나 살그머니 형들과 자신의 모자들을 가져다가 식인귀 딸들의 관을 벗긴 후 씌웠습니다. 그는 관들을 형들과 자신에게 씌웠는데, 식인귀가 아이들을 딸들로, 딸들을 그 목을 베려는 아이들로 착각하게 하기 위해서였습니다.

생각한 대로 일이 벌어졌습니다. 자정쯤에 깨어난 식인귀는, 전날 밤 할 수 있었던 일을 미룬 것을 후회했습니다. 그는 불쑥 자리에서 일어나, 그의 큰 칼을 잡았습니다.

"우리 귀여운 것들이 어떻게 있나 보러 갈까, 한 번에 끝내 버리자."

그는 더듬어가며 딸들의 방으로 올라갔습니다. 그는 어린 아이들이 모두 자는 침대에 다가갔습니다. 엄지 동자만은 깨어 있었는데, 식인귀의 손이 머리를 더듬을 때는 몹시 무서웠습니다. 식인귀는 형들의 머리도 모두 더듬었습니다. 금관을 느낀 식인귀가 말했습니다.

"큰일 날 뻔했군! 어제저녁에 너무 많이 마셨나 봐."

그는 그러고 나서 딸들의 침대로 가 아이들의 작은 모자를 느꼈습니다.

"아! 여기 녀석들이 있군." 그가 말했습니다. "일을 해치우자."

이렇게 말하면서, 그는 숙고하지 않고 일곱 딸의 목을 베어버렸습니다. 이 급속한 처리에 만족하여, 그는 다시 아내 곁으로 잠을 자러 갔습니다. 식인귀가 코를 고는 소리를 듣자, 엄지

동자는 형들을 깨웠습니다. 그리고 빨리 옷을 입고 자신을 따르라고 말했습니다. 그들은 가만히 정원으로 내려와 담을 뛰어넘었습니다. 그들은 어디로 가는지 모르면서, 줄곧 떨며 밤새도록 달렸습니다. 깨어난 식인귀가 아내에게 말했습니다.

"올라가서 어제 밤에 온 녀석들에게 옷을 입혀[05]."

아내는 식인귀의 호의에 몹시 놀랐습니다. 남편의 말이 조리하라는 말이 아니라 옷을 입히라는 말임을 의심하지 않으면서, 아내는 위로 올라갔습니다. 아내는 일곱 명의 딸들이 목이 베어져 피에 잠겨 있는 것을 보고 몹시 놀랐습니다. 그녀는 정신을 잃었습니다. 그것은 이런 상황에서 여인들이 택하는 첫 번째 방법이지요.

식인귀는 아내가 시킨 일을 너무 오래 한다고 생각하여, 그녀를 도와주기 위해 올라갔습니다. 그 역시 끔찍한 광경을 보고 아내처럼 놀랐습니다.

"아! 내가 무슨 짓을 한 거지?" 그가 소리쳤습니다. "이 못된 것들, 곧 복수하겠다."

그는 즉시 한 항아리의 물을 아내의 코에 부었고 아내는 다시 정신을 차렸습니다.

"7리의 장화를 갖다 주시오. 그 아이들을 따라잡게 말이오."

---

05 불어로 habiller에는 '옷을 입히다'라는 뜻과 '조리하다'라는 뜻이 있다.-옮긴이

그는 밖으로 나가 사방으로 달린 후에, 가련한 아이들이 걷고 있는 길에 접어들었습니다. 아이들은 부모의 집에서 백 발자국도 떨어져 있지 않았습니다. 식인귀가 이 산 저 산으로 움직이고, 가장 좁은 시냇물 넘듯 강을 건너는 모습이 아이들에게 보였습니다.

엄지 동자는 가까운 곳에 있는 속이 빈 바위를 목격하고 거기에 여섯 형을 숨긴 후 자기도 들어갔습니다. 식인귀가 무엇을 하나 계속 지켜보면서요. 식인귀는 아무 소용없이 먼 길을 와 몹시 피곤했고 (7리의 장화를 신으면 몹시 피곤하답니다) 쉬기를 원했습니다. 그리고 우연히, 그는 아이들이 숨은 바위에 기대어 앉았습니다. 더없이 피곤하여 더는 갈 수 없었기에, 그는 조금 쉰 후 잠이 들었는데, 하도 지독하게 코를 골아 아이들은 식인귀가 큰 칼로 목을 베려고 했을 때만큼이나 무서웠습니다.

엄지 동자는 겁을 먹지 않고, 형들에게 식인귀가 깊이 잠든 동안 얼른 집으로 피하라고 말했습니다. 자기 걱정은 말라고 했지요. 형들은 막내의 조언을 듣고 얼른 집에 도착했습니다.

엄지 동자는, 식인귀에게 다가가서, 가만히 장화를 벗긴 후, 즉시 그것을 신었습니다. 장화는 몹시 크고 폭이 넓었지만 신는 사람의 발에 맞게 커지고 줄어드는 능력이 있었습니다. 그것은 요정이었기 때문이지요. 장화는 엄지 동자의 발과 다리에

꼭 맞아 마치 엄지 동자를 위해 만들어진 장화인 듯했습니다. 그는 곧바로 식인귀의 집에 갔고 목이 베어진 딸들 옆에서 울고 있는 여인을 발견했습니다.

"당신의 남편이," 그녀에게 엄지 동자가 말했습니다. "매우 위험합니다. 도둑떼들에게 잡혔는데, 가진 금은을 다 주지 않으면 죽이겠다고 하고 있어요. 도둑들이 아저씨의 목을 베려는 찰나에, 아저씨가 저를 보고 아저씨의 상황을 아주머니께 가 알려드릴 것을 부탁했지요. 그리고 아주머니께 가진 것 모두를 제게 주라고 말씀드리랬어요. 남김없이 말이지요. 그러지 않으면 도둑들이 아저씨를 무자비하게 죽일 테니까요. 일이 몹시 급하므로, 보시다시피, 아저씨는 제가 이 7리외 장화를 신기를 바라셨어요. 빨리 가도록 말이에요. 제가 거짓말쟁이라고 생각하는 건 아니시겠지요."

선량한 여인은 몹시 놀라, 즉시 엄지 동자에게 가진 것 모두를 주었습니다. 비록 식인귀가 어린아이를 먹지만 실제로 그녀에겐 아주 좋은 남편이었기 때문이지요.

엄지 동자는 식인귀의 온갖 재산을 가지고 아버지의 집에 되돌아왔습니다. 거기서 엄지 동자는 크나큰 환영을 받았습니다. 이 마지막 상황에 대해 의견이 다른 사람들이 여럿 있는데, 그들은 엄지 동자가 식인귀의 재산을 전혀 도둑질하지 않았다고 주장합니다. 사실인즉 엄지 동자가 7리외 장화를 가지기를 주저했다는 것인데, 장화가 어린아이를 쫓아다니는 데 쓰였었기 때문이죠. 이 사람들은 나무꾼 부부의 집에서 먹고 마셨기 때문에 자신의 이야기에 확실한 근거가 있다고 분명히 말합니다.

그들은 엄지 동자가 식인귀의 장화를 신었을 때, 그가 궁정에 갔다고 확언합니다. 엄지 동자는 궁정에 있는 사람들이 200리외 바깥에 있는 군대를 걱정하고 있다는 사실을 알았습니다. 전쟁의 결과가 어떤지도요. 그는 왕을 만나 만약 왕이 원한다면 군대의 소식을 하루해가 가기 전에 가져오겠다고 말했습니다. 왕은 만약 성공하면 큰돈을 주겠다고 약속했지요.

엄지 동자는 그날 저녁에 소식을 가져왔습니다. 이 첫 번째 심부름이 알려지자, 그는 원하는 만큼 돈을 벌었습니다. 왜냐하면, 왕이 자신의 명령을 군대에 전하는 대가로 그에게 전적으로 돈을 지급했고, 수많은 아가씨가 그들의 약혼자의 소식을 알기 위해 엄지 동자가 바라는 모든 것을 주었기 때문입니다. 이는 엄지 동자의 가장 큰 돈벌이였습니다.

남편에게 보내는 편지를 부탁하는 여인들도 있었지만, 돈을 아주 적게 주었고 그 액수가 크지 않았습니다. 그는 이렇게 번 돈에 대해서는 정규 계산서에 기재하지 않았습니다. 얼마간 이 우편배달부의 역할을 한 뒤, 그는 많은 재산을 모았습니다. 그리고 다시 아버지의 집에 돌아왔고, 엄지 동자를 다시 보게 되어 가족들은 상상할 수 없을 만큼 기뻤습니다. 그는 가족 모두를 편안히 살게 했습니다. 그는 아버지와 형들을 위해 새로운 직책을 얻어 주었습니다. 그런 식으로 모두가 자리를 잡게 하였고, 그러는 동안 자신은 궁정에서 자기 일을 잘 수행하였습니다.

〈교훈〉

많은 아이들을 가진 것으로 괴롭지 않습니다.

그 아이들이 아름답고, 체격이 좋고, 키가 크고,

뛰어난 외모를 가지고 있다면 말입니다.

그러나 만약 그들 중 하나가

약하고, 아무 말도 하지 않으면

사람들은 그 아이를 경멸하고, 놀리고, 학대합니다.

그러나 가끔은, 이 작은 어린아이가

집안의 행복을 만든답니다.

그리젤리디스

아가씨에게

젊고 현명하고 아름다운 아가씨의 눈앞에
이 인내심의 모범을 보여 주면서
모든 면에 있어 그것을 따르라는
생각은 전혀 하지 않습니다.
그것은 양심적으로 지나친 일입니다.

하지만 파리처럼 남자들이 세련된 도시에서는
사랑받기 위해 태어난 여자들의
행복이 이루어집니다.
그러나 정반대의 악덕도 만연하여
그것을 저지하거나 그것의 효과를 약하게 하기 위해
언제나 충분한 대책을 만들기 어렵습니다.

이와 같은 마음으로 제가 그 값어치를 높이려는
인내심 있는 여성은
어디서나 놀라게 하겠지만,

파리에서야말로 신기한 대상일 것입니다.

파리에서는 여성이 다스리고
여성 마음대로 하니까요.
파리는 여왕이 사는
즐거운 곳입니다.

그래서 어느 모로 보나,
그리젤리디스는 높은 평가를 받지 않을 것입니다.
지나치게 구식인 교훈 때문에
웃음거리가 되겠지요.

인내심은 파리 여성들의 덕이 아니라서가 아니라
오래된 관습으로 그것은 남편들이 행해야 할 덕목이라고
여겼기 때문입니다.

이름난 산기슭

포 강의 새로운 물이 갈대밭 아래에서

가까운 시골의 중심부로 흐르는 곳에

젊고 용감한 왕이 살았습니다.

왕은 모든 지방 사람의 사랑을 받았고

하늘은 그를 만들면서

그에게 가장 흔하지 않은 자질을 부여했는데

그것은 위대한 왕에게만 줄 수 있는 자질로서

그를 다른 평범한 친구들과 구별했습니다.

육체와 영혼의 자질로 가득한 왕은

전쟁에서는 강하고 능수능란하고 올발랐으며

신적인 정열의 비밀스러운 본능으로

예술을 열렬히 사랑했습니다.

그는 싸움을, 승리를,

위대한 계획과 용감한 행동을

역사에 이름을 남기게 할 모든 것을 사랑했습니다.

그러나 그는 부드럽고 관대한 마음으로

자신의 백성들을 행복하게 하는
영속적인 영광에 더 민감했습니다.

그러나 이 영웅적인 기질은
침울하고 우울한 어두운 체기로 흐려졌고,
그의 마음 깊은 곳에서
모든 여성을 불성실하고 기만적이라 보게 했습니다.

가장 흔하지 않은 장점이 빛나는 여성에게서
위선적인 영혼과 의기양양해진 교만한 정신을,
자신에게 내맡겨진 불행한 남성을
쉴 새 없이 지배하기를 바라는
잔혹한 적의 모습을 그는 보았습니다.

주위에서 휘둘려지고 배반당한 남편을 보는 일이 많아졌고
나라에 팽배한 남편들의 질투심과 함께
왕의 깊은 미움은 더 커졌습니다.
하늘이 다정한 마음이 가득해서
혹시 왕에게 다른 뤼크레스[06]를 준다더라도
그는 결혼하지 않겠다고 몇 번이나 맹세했습니다.

---

06 로마 전설의 여주인공. 아름답고 덕망이 있었다고 한다.-옮긴이

그리하여, 왕은 아침에는 공무를 집행하여
백성들의 행복을 위한 모든 일을
현명히 해결했습니다.
힘없는 고아들과 억눌린 과부들의
권리를 보장하고
전쟁으로 이전에 강제로 도입된
세금제도를 없애기도 했습니다.
하루의 나머지 절반을
그는 사냥에 바쳤는데,
멧돼지들이나 곰들은
사나움이나 공격성에도 불구하고,
그가 언제나 피하는 여성보다는
훨씬 더 적은 경종의 대상이었습니다.

한편 신하들은 다급히 후계자를 확정할 생각으로
마침내 왕과 마찬가지로 그들을 평온하게 통치할
왕자를 볼 것을 끊임없이 권유했습니다.

하루는 그들이 마지막 애원을 하기 위해
무리를 지어 궁전에 왔습니다.
가장 훌륭한 웅변가가
엄숙한 모습으로 나와서

그와 같은 상황에서 할 수 있는 모든 말을 했습니다.

그는 왕으로부터 좋은 후계자가 나와

그들의 나라가 영원히 번영하는 것을 보고 싶은

간절한 소망을 나타냈습니다.

그는 말을 끝내면서

그의 순결한 결혼에서

큰 별이 나와

초승달을 흐리게 하는 것을 보았다고 했습니다.

더 단순하고 덜 강한 목소리로

왕은 신하들에게 다음과 같이 대답했습니다.

"오늘 나를 결혼의 인연으로 끌고 가려는

당신들의 열렬한 열성에

나는 기쁘오.

그리고 그것이 당신들의 사랑에 대한 표시라고 생각하오.

상당히 감동하여,

당장 내일이라도 당신들을 만족하게 하고 싶소이다.

하지만 내 생각에 대부분 남자에게 결혼은 어려운 일이오.

남자가 신중하면 할수록, 문제는 점점 커진다오.

모든 젊은 처녀들을 살펴봅시다.

그녀들이 집 안에 있을 때에는
덕, 다정함, 정숙함, 진실함뿐이오.
그러나 결혼이 가장을 벗기고
그들의 운명을 정하자마자
현명함은 중요하지 않고
그녀들은 많이 괴로워하며 했던 역할을 버리오.
그리고 각자는 살림살이를 하며
자기 마음대로 방침을 정하오.

한 사람은
무엇으로도 즐겁게 할 수 없는
우울한 마음으로
지나치게 경건한 사람이 되어
언제나 소리치고 투덜거리오.
다른 사람은 요부가 되어
쉴 사이 없이 수다를 떨며 남의 얘기를 하거나
아무리 많은 수의 연인이라도 만족지 못하오.
어떤 이는 예술에 미쳐
모든 것을 거만하게 판단하며
가장 노련한 작가를 비판하고
선 멋을 부리는 여자가 되오.
다른 이는 도박가로 자처해

돈, 보석, 반지, 값비싼 가구, 자신의 옷까지
모든 것을 잃소.

그녀들이 선택한 많은 길은
하나로 결정되는데,
그것은 내가 보기에 그녀들이 남편을
지배하려 한다는 사실이오.
내가 결혼에 있어 확신하는 바는
둘 모두가 권위를 내세우면
결코, 행복하게 살 수 없다는 것이오.
그러니 만약 당신들이 내가 결혼하기를 바란다면,
교만하지 않고 허영심도 없으며
완전한 순종과 증명된 인내심을 가지고,
자신에 대해 아무 소원이 없는
젊은 미녀를 찾아보시오.
그런 자를 찾으면 결혼하겠소."

왕은 이러한 교훈적인 말을 마치더니
바로 말에 올라타
말이 헐떡거릴 정도로 달려
평원 가운데서 왕을 기다리고 있던
사냥개 떼와 합류했습니다.

풀밭들과 밭들을 지나서,

왕은 풀밭에 누워 있는 사냥꾼들을 발견했습니다.

모두 일어나, 민첩하게

사냥나팔로 숲의 주인들을 떨게 했습니다.

개들은 짖으며

그루터기 평원 사이를 무리 지어 이쪽저쪽으로 달렸고

사냥감이 있는 숲 속으로부터 자기자리로 돌아와

이글거리는 눈을 하고,

자신의 줄을 쥐고 있는 하인들을

바라보며 끌어당겼습니다.

하인 중 하나가

모든 준비가 다 되었고

사냥감의 흔적을 보았다고 알리면

왕은 즉시 사냥을 시작한다고 명했습니다.

그리고 사냥개들이 사슴을 쫓게 했습니다.

사냥 피리의 소리가 울려 퍼졌고,

숲을 통과하면서 말들이 히힝 거리는 소리와

흥분한 개들이 짖는 소리가

숲을 혼란과 동요로 가득 채웠습니다.

그리고 메아리가 멈추지 않고 소리를 배로 크게 하는 동안,

개들은 사냥꾼들과 함께 숲의 가장 깊은 곳으로 들어갔습니다.

왕은, 우연인지 운명인지,
굽은 길로 들어섰고,
사냥꾼 중 아무도 그를 쫓지 않았습니다.
그는 달릴수록 점점 더 멀어져갔고,
마침내 개들과 피리 소리가 더는 들리지 않는 곳까지
길을 벗어났습니다.

야릇한 운명이 그를 이끈 곳에는,
맑은 강물과 짙은 신록이 있었고,
비밀스러운 전율이 왕의 정신을 사로잡았습니다.
순박하고 꾸밈없는 자연은
너무도 아름답고 순수하여
왕은 수없이 자신의 실수를 기뻐했습니다.

왕이 큰 숲과 물, 그리고 초원이 주는
부드러운 몽상에 잠겨있을 때,
그는 갑자기 무언가가 눈과 마음을 끄는 것을 느꼈는데,
그것은 그가 하늘 아래에서 볼 수 있는 것 중,
가장 마음에 들고, 가장 부드럽고, 가장 사랑스러운
대상이었습니다.

그녀는 시냇가에서 실을 잣는
젊은 처녀 목동이었는데
양을 치면서
조심성 있고 신중한 손으로 날렵하게
실을 잣고 있었습니다.

그녀의 아름다움은 가장 화난 자의 마음도
진정시킬 수 있었을 것입니다.
그녀의 살갗은 백합처럼 희며,
그 자연스러운 신선함은 숲 그늘이 지켜주고 있었습니다.
입술은 어린 시절의 매력을 그대로 간직하고 있었고,
갈색 눈꺼풀을 부드럽게 보이게 하는 눈은
창공보다 더 푸르고 맑아,
밝게 빛을 발했습니다.

왕은 환희 속에서 숲으로 들어가
자신의 영혼을 움직이는 아름다움을 바라보았습니다.
그러나 그가 지나가면서 내는 소리가
미녀로 하여금 그에게 눈길을 주게 하였고,
자신을 누가 보고 있다는 것을 알자,
순식간에 아름다운 안색은 빛나는 진홍색으로 광채를 더했
습니다.

그리고 얼굴에는 수줍음이 넘쳤습니다.

이 사랑스러운 부끄러움의 순결한 베일 아래서,
왕은 단순함과 부드러움, 성실함을 발견했고,
그것은 그가 여성에게서는 불가능하다고 생각한 것이었는데,
그녀 안에서는 아름답게 빛나고 있었습니다.

익숙지 않은 무서움에 사로잡혀,
그는 당황하며 다가갔고, 그녀보다 더 수줍게,
떨리는 목소리로 말했습니다.
같이 온 사냥꾼들에게서 떨어져 길을 잃었는데,
혹시 숲 속에 사냥꾼 일행이 지나가는 것을 보지 못 했느냐고.
"이 외딴곳에는 아무도 나타나지 않았습니다."
그녀가 말했습니다.
"그리고 당신 외에는 아무도 이곳에 오지 않았습니다.
그러나 걱정하지 마세요,
제가 길을 찾아드리겠어요."

"나의 행운을 하느님께 감사할 따름이오.
이곳에 오래전부터 자주 왔었지만
지금까지 가장 소중한 곳을 몰랐소이다."

그러는 중에 그녀는 왕이 목을 축이려고
축축한 강가에서 몸을 구부리는 것을 보았습니다.
"조금만 기다리세요."
그녀는 말을 하고 나서
자신의 오두막집으로 빨리 달려가
기쁘고 우아하게 잔을 가져다가
이 새로운 연인에게 주었습니다.

신묘한 기술로 정성스럽게 만들어
금으로 휘황찬란하게 빛나는
수정이나 마노로 된 값진 병은
필요하지 않게 화려하여
처녀 목동이 그에게 준 질그릇보다
아름다워 보이지 않았을 것입니다.

한편 왕은 다시 도시로 가는
가장 쉬운 길을 찾기 위해
그들은 숲과 깎아지르는 듯한 절벽 그리고
군데군데 끊어진 급류들을 가로질렀습니다.
왕은 이 새로운 길에 들어서면서
주위의 모든 장소를 잘 관찰했습니다.
그리고 그의 정묘한 사랑은

다시 올 것을 생각하며
충실한 지도를 만들었습니다.

마침내 처녀 목동은
그늘지고 상쾌한 작은 숲으로
왕을 데려갔고,
왕은 빽빽한 나뭇가지 아래로
평원 저 멀리에서
그의 호화로운 왕궁의 금빛 지붕을 알아보았습니다.

아름다운 처녀와 헤어진 왕은
강한 슬픔에 사로잡혀
떨어지지 않는 발걸음으로 그녀에게서 멀어져 갔습니다.
가슴을 꿰뚫는 감정과 함께
그의 사랑에 찬 모험의 기억은
그를 즐겁게 왕궁으로 이끌었습니다.
그러나 다음 날부터 그는 자신의 상처를 느꼈고
슬픔과 지루함에 짓눌렸습니다.

사냥할 수 있게 되자 그는 그것을 다시 시작했고,
자기 마음대로 즐거이 길을 가기 위해
시종들로부터 교묘하게 빠져나왔습니다.

그가 주의하여 관찰한

나무들과 산봉우리들과

그의 변함없는 사랑의 비밀스러운 충고는

그를 잘 이끌어서

백 개의 다른 샛길들을 지났음에도 불구하고

왕은 처녀 목동이 있는 곳을 발견했습니다.

왕은 처녀와 함께인 사람은

그녀의 아버지뿐이라는 것을 알았고,

처녀의 이름이 그리젤리디스라는 것과

그들이 양젖을 마시며 조용히 살며

마을에 가지 않고

그녀 혼자 양털을 자아

스스로 그들의 옷을 만든다는 사실을 알았습니다.

그녀를 볼수록

그는 그녀의 영혼의 강렬한 아름다움에

마음이 타올랐고

많은 소중한 천품들을 보면서

목동이 그토록 아름다운 이유는,

영혼에 생기를 주는

정신의 경쾌한 광채가

그녀의 눈에서 나오기 때문임을 알았습니다.

그는 첫사랑의 상대를 그토록 잘 정한 것에
극도의 기쁨을 느끼며
더는 늦추지 않고
같은 날 회의를 열어 이처럼 말했습니다.

"마침내 당신들의 의견에 따라
결혼하기로 했소이다.
나는 내 아내를 외국에서 구하지 않고
아름답고, 현명하며, 출생이 좋은 신부를
우리 가운데서 구하려 하오.
나의 조상들이 그래 온 것처럼 말이오.

그러나 오늘만큼은
그녀의 이름을 말하지 않으려 하오."
소문은 알려지자마자
모든 곳으로 퍼졌습니다.
방방곡곡 백성들의 환희가 어느 정도 열렬했는지
말하기 어려웠습니다.
가장 만족한 사람은 웅변가였는데
그는 자신이 비장한 웅변으로

좋은 일을 가져온 탁월한 장본인이자
중요한 사람이라고 주장했습니다.
누구도 훌륭한 웅변에 당할 수 없다고
그는 쉴 사이 없이 말했습니다.

왕을 유혹하고 선택받기 위한
마을의 모든 미녀의
헛된 노력을 보는 것은 즐거운 일이었습니다.
다른 무엇보다 정숙하고 겸손한 태도만이
왕을 매혹할 수 있음에도 불구하고 말입니다.
왕은 수없이 그렇게 말했지요.

그녀들은 옷과 태도를 모두 바꾸어 버렸습니다.
독실한 태도로 기침하고,
목소리를 부드럽게 했으며,
머리 길이는 반 보정도 내리고,
목 언저리는 덮었으며, 소맷부리는 내려왔는데,
겨우 손가락의 끝 부분만이 보였습니다.

마을 안에서는 사람들이 부지런히
다가오는 결혼식 날을 위해 일했습니다.
사람들은 모든 기술이 동원되는 것을 보았습니다.

여기서는 완전히 새로운 형태의
화려한 마차들을 만들었는데,
너무나 아름답고 잘 고안되어서
어디서나 반짝이는 금마저
가장 놀랍지 않은 장식이었습니다.
저기서는 모든 화려한 구경거리를
쉽게 그리고 아무 장애 없이 보기 위해
높은 야외무대를 세웠습니다.
전사로서의 왕의 영광과
왕에게 빛나는 승리를 거둔 사랑을 찬양하는
큰 승리의 아치들도 있었습니다.

솜씨 좋은 기술로 만들어진 불꽃놀이는
순결한 천둥소리로 세상을 놀라게 했는데
천 개의 새로운 별들이 하늘을 수놓는 듯했습니다.
정묘한 발레에는
기분 좋은 광기가 섞였고
이탈리아가 만든 가장 아름다운 것으로
천 명의 신들이 등장하는 오페라를 위해
아름다운 곡조를 연습하는 소리가 들렸습니다.

마침내, 기대하던 결혼식 날이 되었습니다.

청명하고 맑은 하늘을 무대로

진홍빛 서광이

금빛과 쪽빛을 섞는 시간이 되자,

어디에서나 여자들은 소스라쳐 일어났습니다.

호기심이 많은 사람들은 모든 곳으로 퍼져갔습니다.

곳곳에 근위대가 배치되었는데,

백성들을 저지하고 자리를 잡게 하기 위한 것이었습니다.

왕궁 전체에는 보병대의 나팔, 플루트, 오보에, 시골풍의 뮤제

트 소리가 울렸고,

왕궁 주위에는 온통 북소리와 기병대의 나팔소리뿐이었습니다.

마침내 왕이 조신들에게 둘러싸여 나타나자,

기쁨의 함성이 고조되었습니다.

그러나 가까운 숲 속의 첫 번째 모퉁이에서

그가 매일 가던 길에 접어들자

모두 많이 놀랐습니다.

사람들이 말했습니다.

"그러면 그렇지, 버릇대로 하시는군.

사랑에도 불구하고 사냥이 가장 좋으신 모양이야."

그는 빨리 평원의 밭들을 지나

산에 닿았습니다.
그는 수행한 사람들이 매우 놀라는 가운데
숲으로 들어갔습니다.

사랑에 빠진 마음이 분간하게 한
다른 우회로들을 지나
그는 마침내 그의 정다운 사랑이 사는
전원의 오두막집에 도착했습니다.

그리젤리디스는 소문으로 왕의 결혼식에 대해 듣고,
아름다운 옷을 차려입은 후,
호화로운 의식을 보기 위해
막 자신의 소박한 오두막집에서
나오는 중이었습니다.

"그렇게 빨리 그리고 그렇게 경쾌하게 어디로 가시오?"
왕이 그녀에게 가까이 다가가며
그녀를 부드럽게 보면서 말했습니다.
"서두르지 마시오, 너무도 사랑스러운 목동이여.
당신이 가려 하는 나의 결혼식은,
당신 없이는 거행되지 않을 것이오.

그렇소, 나는 그대를 사랑하오.

그리고 나는 내 남은 일생을 당신과 보내기 위해

당신을 천 명의 아름다운 여인 가운데서 선택했소.

만약 내 소원을 당신이 들어준다면 말이오."

"아," 그녀는 말했습니다.

"이런 영광의 절정이 제 운명이라고 믿어지지 않습니다.

장난이시지요."

"아니요, 나는 진실하오. 나는 이미 당신 아버지의 승낙을 얻었소.

(왕은 이미 처녀의 아버지에게 사실을 알렸습니다.)

목동이여, 허락해 주시오. 그것만이 남아 있소.

그러나 우리 사이에 굳은 평화만이 영원히 지속하기 위해

당신이 내 뜻 외에 다른 뜻을 따르지 않을 것을

맹세해 주어야 하오."

"맹세합니다." 처녀가 말했습니다.

"그것을 약속합니다.

제가 마을의 가장 하찮은 자와 결혼을 한다 해도

기꺼이 그를 따를 것입니다. 그 멍에는 달콤할 거예요.

아! 만약에 당신이 제 지배자와 남편이 된다면

당신을 훨씬 더 따르겠어요."

이렇게 왕은 사랑의 고백을 하였고,

조신들이 왕의 선택을 환호하는 동안
왕은 왕비에게 어울리는 장신구로
목동을 치장하도록 했습니다.
목동을 치장하는 것에 흥미를 느낀 사람들은
오두막집 안으로 들어갔고,
거기서 모든 지식과 솜씨를 동원해 정성스럽게
각각의 몸단장에 매력을 더했습니다.

사람들이 붐비는 오두막집 안에서
여인들은 쉴 사이 없이
깨끗함 아래 감추어진 가난함에 감탄했습니다.
그리고 이 소박한 오두막집은
큰 플라타너스 그늘에 덮여 서늘했고
그들에게 마법의 장소로 보였습니다.

마침내, 이 오두막집으로부터
매혹적인 목동이 화려하고 눈부시게 나왔습니다.
모두 그녀의 아름다움과 옷차림에 대한
칭찬뿐이었습니다.
그러나 이러한 낯선 화려함은
왕으로 하여금 벌써
목동의 순박하고 단순한 치장을

그리워하게 하였습니다.

금과 상아로 장식한 큰 마차에
목동은 당당히 앉았고
왕은 자랑스럽게 올라탔는데
전쟁에서 승리하여 행진하는 것보다
연인으로서 그 옆에 앉아있는 자신을 보는 것이
더 영광스러웠습니다.
종신들은 그들을 따르고
자신들의 직책이나 가문에 따라 열을 지었습니다.
마을 사람들은 거의 모두 들판에 나와
주위 평원을 덮었고,
왕의 선택에 대해 듣고는,
초조히 그가 돌아오기를 기다렸습니다.
그가 나타났고, 사람들이 합류했습니다.
빽빽한 군중의 무리가 양옆으로 갈라져
겨우 마차가 지나갈 정도였습니다.
몇 배로 커진 기쁨의 환성에
흥분하고 혼란스러워하는 말들이
뒷발로 서고, 발을 구르고, 내딛느라,
앞으로 가기보다 뒤로 갔습니다.

마침내 그들은 성당에 도착했고
장엄한 약속의 영원한 사슬로
두 부부는 그들의 운명을 엮었습니다.
그리고 그들은 궁전으로 갔는데,
춤, 놀이, 경마, 마상 시합과 같은
수많은 기쁨이 각각 다른 곳에서 퍼져 나와
그들을 기다리고 있었습니다.
저녁에는 금빛 결혼의 신이
정숙한 부드러움으로 하루를 마무리했습니다.

다음 날에는,
모든 지방의 여러 주들의 관리들이
왕과 왕비에게 와 연설을 했습니다.

여인들에게 둘러싸인 그리젤리디스는
놀란 기색 없이,
여왕으로서 그들의 소리를 들었고,
여왕으로서 그들에게 대답했습니다.
그녀는 모든 일을 너무나 신중히 해서,
하늘은 그녀의 육체보다 영혼에
천품을 충분히 부어준 듯했습니다.

그녀의 정신으로, 그녀의 예민한 이성의 빛으로,

그녀는 즉시 상류사회의 예법을 배웠고,

첫날부터 귀부인들의 재능이나 기분을 잘 알아,

당황하는 기색 없이 그녀의 양식으로

귀부인들을 이끄는 것이 예전에 양을 이끌던 것보다

더 쉬워 보였습니다.

일 년이 지나가기 전, 결혼의 열매를 주어

하늘은 그들의 행복한 결혼을 축복했습니다.

그들이 몹시 바랐던 왕자는 아니었지만

너무나 아름다운 공주였고,

그들은 그녀에게 아무 탈이 없기를 바랄 뿐이었습니다.

아버지는 공주가 온순하고 예쁘다고 생각하여

자주 공주를 보러 갔고,

어머니는 넋을 빼앗기고

줄곧 공주를 바라보았습니다.

그녀는 공주에게 스스로 젖을 먹여 기르기를 원했습니다.

"아! 은혜를 조금도 모르지 않고는

어떻게 이 울음소리가 나에게 원하는 일을

피할 수 있겠는가?

자연의 법칙에 거슬리면서

내가 사랑하는 아기에게
반쪽자리 어머니가 되기를 바랄 수 있겠는가?"

처음 날의 열정보다
왕의 영혼의 불이 식어서인지,
해로운 체액으로
혈액이 불붙었는지,
짙은 흥분으로
그의 정신이 어두워지고 마음이 타락했는지,
왕은 왕비가 하는 모든 일에서
진실함을 보지 못했습니다.
왕비의 지나친 덕은 왕에게 상처를 입혔고
왕비의 말을 쉽게 믿게 하는 함정으로 생각되었습니다.
왕의 불안하고 흥분된 정신은
모든 것을 의심하였고
과도한 행복을 의심하는 것이 즐거웠습니다.

그의 영혼의 슬픔을 달래기 위해
왕은 왕비를 따라다니며 관찰하고
속박이 주는 근심과
두려움이 주는 불안함으로
왕비를 괴롭히기를 즐겼고,

거짓된 꾸밈과 진실을 분별할 수 있는
모든 방법을 동원했습니다.
"나는 너무 오랫동안 왕비를 신뢰하였어.
만약 왕비의 덕이 진실하다면,
가장 참기 어려운 시련도
덕을 더 강하게 만들 거야."

궁전에서 왕비는 좁은 곳에 가두어졌고,
궁정의 즐거움과 멀리 떨어진
그녀의 방에 혼자 은둔했는데
빛이 겨우 들어올 정도였습니다.
장신구와 화려한 몸단장은
하느님이 아름다움을 위해 만든 여자를
가장 기쁘게 하는 것이라고 확신한 왕은,
결혼할 때 왕비에게 정표로 준
진주, 루비, 반지들, 보석들을 달라고
왕비에게 가혹히 요구했습니다.

흠 없는 일생을 살아온 왕비는
의무를 다하는 것 외에는
애착을 가진 것이 없었기에
마음의 동요 없이 그것들을 돌려주었는데

그것들을 다시 받고 왕이 좋아하는 것을 보면서
그것을 받았을 때보다 더 기뻤습니다.

"남편은 나를 시험하기 위해 나를 괴롭히는 걸 거야.
달콤하고 긴 휴식 후에 사라질
내 부진한 덕을 다시 함양하기 위해
니에게 고통을 주려는 걸 거야.
만약 그에게 이런 의도가 없다면,
적어도 그렇게 지속되는 고통 속에서
내 지조와 믿음을 시험하는 것이
하느님의 뜻이라고 확신해.

많은 불행한 여인들이
거짓되고 헛된 즐거움을 쫓아
천 개의 위험한 길을
욕망에 따라 헤매는 동안,
하느님은 그들의 위험에 끼어들지 않으시면서
천천히 정의로움 속에서
그들이 파멸에 이르도록 하시지.
하느님은 순수하게 지고한 선으로 움직이시니
하느님은 나를 사랑하는 어린아이로 선택하시어
나를 꾸짖고 인도하시려는 걸 거야.

그러니 결국 견뎌야 할 잔인한 가혹함을 사랑하자.
고통받은 만큼 행복한 거야.
하느님 아버지의 선의와 손길을 사랑하자."

왕은 왕비가 그가 내린 절대적인 명령을
거리낌 없이 따르는 것을 보아도 마음이 흔들리지 않았습니다.
"그녀의 덕은 근본이 가장된 것임을 난 알아.
내 공격이 쓸모없이 된 것은
그 타격이 왕비가 사랑하는 대상을 향하지 않아서일 거야.

왕비는 아이를, 어린 공주를 몹시 사랑해.
만약 왕비를 시험하는 것에 성공하려면
거기에 호소해야겠다.
아마 명백해질 거야."

왕비가 자신의 가슴 안에서 놀면서
자신을 바라보며 웃는 뜨거운 사랑의 대상에게
막 젖을 물렸을 때였습니다.
"당신이 공주를 사랑하는 것을 알고 있소."
그가 말했습니다.
"하지만 아직 공주가 어릴 때

당신으로부터 공주를 빼앗아야겠소.
공주에게 품행을 가르치고 당신과 함께 있어 생길 수 있는
나쁜 태도를 피하고자 말이오.
다행히 공주가 가져야 할 모든 덕과 예절을
공주에게 가르칠 수 있는
기품 있는 부인을 찾았소.
공주를 떠날 준비를 하시오.
곧 공주를 데리러 올 것이오."

그는 이 말을 하고 왕비를 떠났는데
그녀의 손에서 그들의 사랑의 유일한 증거를 빼앗는 용기도
잔인한 눈도 가지지 못했기 때문입니다.
왕비는 그치지 않는 눈물로 얼굴을 적셨고
침울한 짓누름 속에서
불행한 순간을 기다렸습니다.

그토록 슬프고 잔인한 일을 실행하기 위해
가증스러운 대리자가 왕비의 눈앞에 나타났습니다.
"전하의 뜻에 따르겠습니다." 왕비가 말했습니다.
그녀는 누워있는 공주를 바라보고, 안으면서
어머니의 정으로 입을 맞추었는데
공주는 작은 팔로 왕비를 부드럽게 안았습니다.

눈물을 흘리면서 왕비는 공주를 넘겼습니다.
아! 얼마나 쓰라린 고통인지요!
그토록 사랑하는 아기를 빼앗기는 것은
애정 어린 어머니의 가슴에서 심장을 도려내는 것과
같은 고통을 주는 것입니다.

마을 가까이에는 수도원이 있었는데
오랜 역사로 유명했고,
경건함으로 저명한 수녀원장의 주시 아래
처녀들이 엄격한 규율 속에 살고 있었습니다.
그 출생을 밝히지 않으면서
공주는 조용히 그곳에 맡겨졌고
공주가 받아야 할 마땅한 보살핌을 위해
값진 반지들과 함께였습니다.

과도한 잔인함에 대한
강한 양심의 가책이 주는 난처함을
사냥으로 피하려 한 왕은
왕비를 다시 보는 것이 두려웠습니다.
새끼를 막 빼앗긴 사나운 암호랑이를 보는 것이
두려운 것처럼 말입니다.
그러나 왕비는

부드러움과 다정스러운 언행으로 왕을 대했고
그것은 행복했던 가장 아름다운 날에 가졌던 애정이었습니다.

이처럼 너무도 위대하고 신속한 친절함 때문에
왕은 후회스럽고 부끄러웠고
그의 우울함은 극도로 심해졌습니다.
이틀 후, 강한 충격을 주기 위해
가장된 눈물을 흘리며
왕은 왕비에게 사랑스러운 공주가
죽었다는 말을 했습니다.

이 불의의 충격에 왕비는 치명적인 상처를 입었지만,
그 슬픔에도 불구하고
안색이 변하는 왕을 보고는
왕비는 자신의 불행을 잊은 듯했습니다.
그리고 그의 거짓 슬픔을 위로하기 위해
상냥함을 보일 뿐이었습니다.

이러한 선의와
비길 데 없는 부부의 정은
즉시 왕의 매정함을 누그러뜨렸고
그를 감동하게 하고, 마음속으로 스며들어

그의 마음을 바꾸어
아직 공주가 살아있다는 말을
하고 싶어질 정도였습니다.
그러나 그의 앙심은 커졌고
그의 거만한 마음은
말하지 않는 것이 유익한 비밀을 지키게 했습니다.

이 행복한 날 이후로 두 부부 사이에는
서로에 대한 사랑이 있었는데,
사랑하는 남자와 여자 사이에 있을 수 있는
가장 달콤한 순간 못지않았습니다.

태양은 십오 년간 열두 달을 비추어
계절을 만들어 주었고
무엇도 그들의 사이를 틀어놓지 못했습니다.
가끔 변덕이 나
왕이 화를 내는 것을 즐겼지만
그것은 다만
사랑의 불꽃이 약화되지 않도록 하기 위한 것이었습니다.
마치 대장장이가 서둘러 일하면서
힘없는 도가니 불의 열기를 배가시키기 위해
숯불 위로 약간의 물을 뿌리는 것과 같았습니다.

한편 어린 공주는
예지와 현명함이 매년 자라났습니다.
부드러움과 순박함이란 점에서
어머니를 닮고,
고귀한 아버지의
위엄과 긍지를 겸비했습니다.
각 성격의 좋은 점이 한데 모여
가장 순순한 아름다움을 만들었지요.

어디서나 공주는 별처럼 빛났습니다.
어느 날 젊고, 체격이 좋고, 매우 아름다운 궁정의 귀족이
우연히 철책 사이로 공주를 보고
강한 사랑을 느꼈습니다.
모든 미녀가 가진
자연이 준 본능으로
공주는 공주의 시선이 준
보이지 않는 상처를 알고 있었고
자신이 다정히 사랑받고 있음도 알았습니다.

사랑에 항복하기 전 그래야 하는 것처럼
얼마간을 저항한 후

공주 역시 같은 부드러운 사랑으로
그를 사랑했습니다.

이 연인은, 나무랄 데 없이,
아름답고, 용감하고, 유명한 집안에서 태어나
왕이 오래전부터 사윗감으로
눈독을 들여온 상대였습니다.
그래서 왕은 이 젊은 연인들이
서로에 대한 열정으로 불타고 있다는
소식을 즐거이 들었습니다.

"그들을 기쁘게 하는 것이 즐거운 일이지만
가장 가혹한 근심으로
그들의 열정을 더욱 확실히 해야 해.
왕비의 인내심 또한 동시에 시험해야겠어.
왕비의 사랑을 의심하는 것은 아니지만
지금까지 그랬던 것처럼
내 미친 듯한 의심을 확실히 하기 위해서가 아니라
세상 사람들의 눈에
왕비의 선의, 부드러움, 깊은 예지를 나타내어
몹시 위대하고 소중한 그 천품으로
세상이 아름다워지고

사람들이 존경심으로 가득 차
하늘에 감사하도록 해야겠어."

왕은 후손이 없어
언젠가 나라를 다스릴 자가 없다는 이유로
그리고 그의 무모한 결혼으로 얻은 딸이
태어나자마자 죽었다는 이유로
다른 곳에서 행복을 더 찾아야겠다고
공적으로 선언했습니다.
결혼할 상대는 유명한 가문의 출신으로
지금까지 순결하게 수도원에서 자라왔는데
결혼으로 그의 사랑을 완성하겠다는 것이었습니다.

이 끔찍한 소식이 두 젊은 연인에게
얼마나 잔혹한 것이었는지 생각할 수 있을 것입니다.
이어, 슬픔도 고통의 표시도 없이
왕은 충실한 부인에게
극심한 불행을 피하고자
헤어져야 한다고 알렸습니다.
왕비의 낮은 출생신분에 분개한 백성들이
다른 규수와 마땅한 결혼을 원한다는 것이었습니다.

그가 말했습니다.

"당신은 당신을 위해 내가 준비한
당신이 목동이었을 때 입었던 옷을 입고
고사리가 뒤덮인 당신의 초가집으로 돌아가야 하오."

조용하고 말 없는 인내심으로
왕비는 왕의 결정을 들었습니다.
태연한 얼굴의 미명 아래
슬픔을 꾹 참았습니다.
그리고 고통으로 매력이 사라짐 없이
아름다운 눈에서는 커다란 눈물방울이 떨어졌습니다.
봄이 올 때 가끔 해도 비치고 비도 오는 것처럼 말입니다.

"당신은 나의 남편이고, 지배자이며, 주인입니다
(그녀는 곧 기절할 듯이 탄식하며 말했습니다).
제가 들은 말이 아무리 끔찍한 말이라 하더라도,
제게 당신을 따르는 것보다 더 소중한 일은 없다는 것을
알게 해드리겠습니다."

왕비는 곧 자신의 방으로 가
호화로운 옷을 벗으면서,
고요히 그리고 아무 말도 하지 않으면서

한숨짓는 동안
양을 돌볼 때 입던 옷을 입었습니다.
이 겸허하고 단순한 옷차림으로
왕비는 왕에게 다가가 말했습니다.

"당신의 마음을 상하게 한 것을 용서하지 않으시면
당신과 떨어질 수 없답니다.
저는 제 비참함은 견딜 수 있지만,
당신의 노여움은 참지 못합니다.
제 진정한 후회를 받아주시면
제 초라한 집에서 만족하며 살겠습니다.
시간은 제 겸허한 존경과 충실한 사랑을
바꾸지 못할 것입니다."

그토록 초라한 옷차림 속의
순종과 영혼의 고귀함은
왕의 마음속에 동시에
첫사랑의 열정을 불러일으켰고,
추방 결정을 취소할까 했습니다.
왕비의 강한 매력에 감동되어,
눈물을 뿌리면서
왕은 왕비를 안기 위해 다가섰는데

갑자기 오만한 자만심이 강해져,

사랑을 이겼고

왕은 다음과 같이 가혹하게 말했습니다.

"지난 시절의 기억을 나는 잊었소.

당신의 후회에 만족하오.

가시오, 떠날 시간이오."

그녀는 즉시 떠났고,

다시 소박한 옷으로 갈아입은 아버지를 보면서 말했습니다.

아버지는 쓰라린 고통에 가슴이 에이어져

그토록 순식간의 갑작스러운 변화에 울고 있었습니다.

"우리들의 짙은 숲 속 목장으로 돌아가요.

우리들의 자연의 집으로 돌아가서 살아요.

그리고 후회 없이 궁전의 사치스러움을 떠나요.

우리들의 오두막집은 화려하진 않지만

그곳에는 아무 해로움 없이

더 강한 휴식과 더 부드러운 평화가 있으니까요."

그녀가 말했습니다.

인적 없는 그곳에 힘들여 도착한 후

그녀는 실톳 대와 가락을 다시 잡았고,

왕이 그녀를 발견했던 물가에서

실을 잣기 시작했습니다.
그곳에서 그녀의 고요하고 악의없는 마음은
하늘이 왕에게 영광과 부를 한껏 주고
왕이 원하는 것을 모두 들어줄 것을
하루에 백 번은 기도했습니다.
어떤 애무도 품은 사랑도
그녀의 사랑만큼 뜨겁지 못했습니다.
그녀가 그리워하는 이 남편은
그녀를 시험하기 위해
그녀의 거처로 사자를 보내
왕을 만나야 한다고 전했습니다.

"그리젤리디스." 그녀가 오자마자 그가 말했습니다.
"내일 내가 성당에서 결혼하려고 하는
공주는 당신과 나에 대해 만족해야 하오.
당신은 모든 정성을 기울여
내가 공주의 마음에 들도록 해 주시오.
어떻게 나를 섬겨야 하는지 잘 아니,
초라하거나 질 낮은 것 없이,
모두가 왕을 느끼도록,
사랑에 빠진 왕을 느끼도록 해 주시오.

당신은 모든 솜씨를 동원해

그녀의 방을 꾸며 주시오.

풍요로움, 호화로움, 깨끗함 그리고 예의가 같이 보여야 하오.

요컨대 내가 다정하게 사랑하는 사람이

젊은 공주라는 것을 줄곧 생각해 주시오.

당신의 의무를 더 잘 다하기 위해

내 명령대로 섬겨야 할 공주를 보여주겠소."

동쪽의 문에

밝아오는 여명보다

나타난 공주는 더 아름다웠습니다.

그리젤리디스는 첫눈에

마음속 깊숙이

모정의 부드러운 환희를 느꼈습니다.

지나간 시절과 즐거웠던 날들이

그녀의 마음에 떠올랐습니다.

"아!" 그녀는 혼잣말을 했습니다.

"내 딸아, 만약 하늘이 내 소원을 들었다면

너도 이처럼 자랐고, 이처럼 아름답겠지."

그녀는 젊은 공주에게 동시에 강하고 열렬한 사랑을 느끼고

공주가 사라지자

다음과 같이 왕에게 말했습니다.

본능에 의한 것임을 알지 못하면서요.

"당신이 결혼하고자 하는 매혹적인 공주님은

안락하고 화려한 왕의 가문에서 자라나서,

숨을 거두지 않고는

제가 당신께 반은 대우를 참을 수 없을 것임을 말씀드립니다.

가난함과 미천한 신분으로

저는 일을 견딜 수 있었습니다.

그리고 고통이나 불평 없이

모든 어려움을 견딜 수 있었습니다.

그러나 고통을 전혀 모르는 공주님은,

가장 적은 가혹함이나

조금이라도 냉담하고 거친 말에도

죽을 것만 같습니다.

아! 전하,

그녀를 부드럽게 대하시기를 간청합니다."

왕은 엄격히 대답했습니다.

"당신의 분수에 맞게 나를 섬기시오.

한낮 목동이 훈계하거나 내 의무를 알리기 위해 간섭해서

는 안 되오."

그리젤리디스는 이 말에 아무 말 하지 않고
눈을 내리깔고 물러났습니다.

한편 결혼식에 초대받은 귀족들이
모든 곳에서 도착했습니다.
결혼식의 횃불을 밝히기 전에
그들이 모인 호화로운 방에서
다음과 같이 왕이 말했습니다.
"세상에, 희망을 제외하면,
외관보다 사람을 속이는 것은 없소.
여기 명백한 예가 있소.
결혼으로 왕비가 될 나의 젊은 신부가
기쁘지도 않고 만족하지도 않는다는 것을
누가 믿겠소?
하지만 그렇소.

기마 시합에서 모두를 이기는 영광을 사랑하는
이 젊은 전사가
결혼식을 보고 싶어 하지 않는다는 것을
누가 믿겠소?
그러나 그렇소.

그리젤리디스가 당연히 화가 나서
울고 절망하지 않는다고 누가 믿겠소?
그러나 그녀는 불평하지 않는다오,
그녀는 모든 것에 동의한다오.
어떤 것도 그녀의 참을성을 더 요구할 수는 없을 것이오.

내가 결혼하려 하는 공주의 매력을 보고
내가 누구보다 행복한 운명을 가졌다는 것을 누가 믿지 않겠소?
그러나 만약 내가 결혼을 하게 된다면,
나는 심한 슬픔에 빠질 것이오.
그리고 세상의 모든 왕 중에
가장 불행한 왕이 될 것이오.

수수께끼를 이해하기 힘들 것이오.
두 마디로 이해시켜 주리다.
그리고 이 두 마디는
당신이 들은 모든 불행을 사라지게 할 것이오.

마음을 상하게 했다고
당신들이 믿고 있는 사랑스러운 사람은
내 딸이오.
그리고 나는 이 아이를 이 젊은 귀족에게

아내로 주려 하오.
그도 내 딸을 몹시 사랑하고
내 딸도 마찬가지로 그를 사랑하오.

나는 내가 마땅치 않게 쫓아낸
현숙하고 충실한 아내의
인내심과 열성에 감복하여,
그녀를 다시 거두고
가장 부드러운 사랑으로
그녀가 내 질투심으로부터 겪은
가혹하고 야만적인 대우를 보상하려 하오.

나는 불안함 속에서
그녀를 불쾌하게 괴롭혔을 때보다
더 열심히 노력하여
그녀의 소망을 들어줄 생각이오.
그리고 만약 언제나
그녀의 마음이 전혀 굴복하지 않은 슬픔을 기념해야 한다면,
나는 그녀의 최상의 덕에 내가 씌울 영광의 관에 대해
사람들이 말하기를 바라오."

자욱한 구름이

해를 덮어 어둡게 하고

하늘이 모두 검게 물들어

끔찍한 천둥 비바람으로 위협할 때

바람이 이 어두운 장막을 가르고

빛나는 햇빛이

풍경 위로 비치는 것처럼

모두가 웃고 아름다움을 되찾았습니다.

슬픔이 가득하던 눈은

갑자기 강한 즐거움으로 반짝였습니다.

이 신속한 해명으로

기쁨에 가득 찬 젊은 공주는

왕이 아버지임을 알게 되어

그의 발 앞에 무릎을 꿇고 그를 열렬히 포옹했습니다.

그토록 소중한 딸에 의해 감동한 왕은

그녀를 일으키고, 입을 맞춘 뒤, 어머니에게 데려갔는데,

그녀는 동시에 너무 많은 기쁨으로

어안이 벙벙했습니다.

가장 쓰라린 불행에 시달리던 그녀의 마음은

너무도 슬픔을 잘 견디었고,

기쁨의 부드러운 무게에 압도되었습니다.

하늘이 그녀에게 다시 보내준 사랑스러운 아이를 막 안으면서

그녀는 기뻐서 울기만 했습니다.

"혈육의 정은 다음에 나누도록 합시다."
왕이 말했습니다.
"당신의 품위에 맞는 옷을 입으시오.
결혼식을 거행해야 하오."

두 젊은 연인은 성당으로 인도되었고
그곳에서 서로 다정히 아낀다는 약속으로
그들의 달콤한 언약을 영원히 굳게 맹세했습니다.
오락, 멋진 마상 경기, 놀이, 춤, 음악, 그리고
맛있는 향연뿐이었습니다.
거기서 모두는 그리젤리디스를 주시하였는데
시험 된 인내심에 대한 수많은 영광스러운 찬사가
하늘에까지 닿았습니다.
사람들은 변덕스러운 왕을 너그럽게 보아
그의 잔혹한 시험을 찬양하기에 이르기도 했습니다.
왕비의 아름다운 미덕은,
여성에게 있어, 그리고 모든 시대와 장소에서 흔하지 않은
완벽한 귀감이었으니까요.

당나귀 가죽

L 후작 부인에게

점잔을 떠는 사람들 가운데 어떤 사람들은
절대로 웃지 않으면서,
화려한 것이나 숭고한 것 외에는
어떠한 것도 묵인, 인정, 존중하지 않으려는
사람들이 있습니다.
저로 말할 것 같으면
어떤 순간에는
가장 완벽한 정신을 소유한 사람도
얼굴을 붉히지 않으면서
인형극을 좋아할 수 있다는 원칙을
감히 세운답니다.
시간과 장소가 적절하다면,
엄숙한 것과 진지한 것은
하찮은 오락 거리보다 못합니다.
가장 분별력 있는 이성을 가진 사람도
너무 일한 나머지 자주 지쳐서,

식인귀나 요정의 이야기로 즐거이 달래져
잠드는 것을 좋아한다는 사실에
놀랄 필요가 있을까요?

시간을 잘못 보냈다는 비난을 두려워하지 않으면서,
당신의 정당한 욕망을 만족하게 하려고,
당신에게 당나귀 가죽의 이야기를 전부 해드리겠습니다.

옛날에 한 왕이 있었는데
이전의 어느 왕보다 위대했습니다.
평화로울 때에는 사랑받고,
전쟁 시에는 무시무시해
아무도 그에게 필적할 수 없었습니다.
이웃들은 그를 두려워했고
나라는 조용했는데
승리의 그늘에서
덕과 예술이 꽃피우는 것을
어디서나 볼 수 있었습니다.
그의 사랑스러운 아내이자 충실한 부인은
몹시 매력적이고 아름다웠습니다.
왕비는 아주 온순하고 부드러운 마음을 지녀서
왕은 부인과 함께라면 행복한 왕이라기보다
행복한 남편이었습니다.
다정스러움과 즐거움이 가득한
그들의 애정 어린 정결한 결혼에서
많은 덕을 가진 공주가 태어났는데

그들은 더 많은 아이를 두지 못한 것을
서로 마음 편히 위로했습니다.

그들의 널따랗고 으리으리한 궁전 안은
화려함뿐이었는데,
어디서나 많은 조신과 하인들이 들끓었고
마구간에는 크고 작은 모든 종류의 말들이 있었는데
금과 자수로 장식한 천을 입고 있었습니다.
그러나 들어서는 모든 이들을 놀라게 하는 것은
가장 눈에 띄는 곳에서
큰 두 귀를 드러내 보이고 있는 당나귀였습니다.
이 불공평함에 놀라실 수도 있겠지만
견줄 것이 없는 당나귀의 덕을 아신다면
그 영예가 그리 큰 것은 아니라고 생각하실 겁니다.
자연은 당나귀를 몹시도 정결하게 만들어
당나귀는 아름다운 에퀴[07]나 모든 종류의 루이[08]외에는
절대로 배설물을 내지 않았습니다.
사람들은 아침에 당나귀가 잠에서 깨어나면
황금빛 짚 위에 있는 금화들을 모으러 갔습니다.

---

07 옛 금화, 은화.-옮긴이
08 루이 13세 때의 금화, 1928년까지의 20프랑 금화.-옮긴이

하늘은 때때로 사람들을 만족하게 하는 것에 싫증을 내고
아름다운 날씨에 내리는 비처럼
행복에 불행을 섞습니다.
왕비는 한창나이에 심한 병에 걸렸습니다.
그리스어를 공부한 의사도
떠도는 돌팔이 의사도
높아지는 열로 붉게 달아오른 얼굴의 붉은빛을 없애지 못했습니다.

죽기 직전에 왕비가 왕에게 말했습니다.
"죽기 전에 한 가지 부탁이 있으니 들어 주세요.
만약 제가 죽은 후 재혼하고 싶으시면 …."
"아!" 왕이 말했습니다. "그런 걱정은 필요 없소.
내 일생 그럴 생각이 없소. 그 점은 안심하시오."
"당신의 열렬한 사랑을 보면 그 말을 믿습니다. 그러나 저는
더 확신하기 위해 당신의 맹세가 필요해요.
저보다 더 아름답고, 몸매 좋고, 더 현명한 여자를 만나시면
당당히 그녀와 서약하고 결혼하세요".
그녀는 자신의 매력을 믿고 그러한 약속을
절대로 결혼하지 않겠다는 맹세로 생각했습니다.
왕은 눈물에 젖어 왕비가 원하는 모든 것을 맹세했습니다.
왕비는 그의 팔에 안겨 죽었고
왕은 어느 남편보다 더 소란을 피웠습니다.

밤낮으로 흐느끼는 왕의 소리를 듣고
궁정 사람들은 애도의 기간이 그리 길지 않으리라 판단했습니다.
그는 마치 애도에서 빠져나오려는 사람처럼
사랑하는 사람의 죽음을 슬퍼했기 때문입니다.

사람들의 생각이 맞았습니다.
몇 달이 지난 후
그는 새로운 선택을 하기를 원했습니다.
하지만 이는 쉽지 않았는데,
맹세를 지켜야 했기 때문입니다.
새로운 신부는 고인이 된 사람보다
더 매력적이어야 했습니다.

미녀가 많은 궁정에서도,
시골에서도, 도시에서도,
이웃 왕국에서도
그런 이를 찾을 수 없었습니다.
딸인 공주만이 더 아름다웠고
고인이 가지지 못했던 어떤 부드러운 매력을
가지고 있었습니다.
왕은 그것을 보고
지나친 사랑에 타올라

172 당나귀 가죽

공주와 결혼하겠다고 미친 듯이 생각했습니다.

그는 신학자[09]*까지 불러

그런 경우가 있는지를 판단하게 했습니다.

그러나 젊은 공주는 이 사랑에 대한 말을 듣고

슬퍼하며 밤낮을 한탄하고 울었습니다.

슬픔이 가득한 채로

공주는 대모를 찾으러 갔습니다.

대모는 진주와 산호로 호화롭게 장식된

따로 떨어진 동굴에서 살았는데,

최고로 기술이 좋은 훌륭한 요정이었습니다.

이 행복했던 시절에 요정이 어떤 존재였는지

말씀드릴 필요는 없을 것입니다.

당신이 아주 어렸을 때부터

할머니가 이야기해주었을 것이 분명하니까요.

"왜 여기 왔는지 압니다."

요정이 공주를 보면서 말했습니다.

"마음이 몹시 슬픈 것을 압니다.

하지만 나와 함께라면 걱정할 것 없어요.

---

09 casuiste:도덕문제를 이성과 기독교의 교리에 따라 해결하려는 신학자.-
옮긴이

제가 말씀드리는 대로만 하면

아무것도 공주님을 해칠 수 없답니다.

아버님이 공주님과 결혼하고자 하는 것은 사실입니다.

그러나 그 당치않은 요구를 들어주는 것은 큰 잘못입니다.

그러나 아버지께 반대하지 않으면서

거절할 방법이 있어요.

아버지의 사랑에 굴복하기 이전에

공주님을 만족하게 해야 한다며

날씨 색깔의 옷을 달라고 하세요.

아무리 그가 위대하고 부유할지라도,

하늘이 그의 모든 소원을 들어준다 해도,

아버지는 그 약속을 지킬 수 없을 겁니다."

즉시 젊은 공주는 떨면서

사랑에 빠진 아버지에게 그 이야기를 하러 갔습니다.

아버지는 제일가는 재단사들에게

너무 기다리게 하는 일 없이

날씨 색깔의 옷을 만들지 않으면

모두 교수형에 처하겠다고 말했습니다.

다음날이 밝기 전

사람들은 왕이 원했던 옷을 가져왔습니다.
금빛 구름의 띠로 둘려진 푸른색의 옷은
창공의 푸른색보다 더 푸르렀습니다.
기쁨과 슬픔에 젖은 공주는
어떻게 약속을 피할 수 있을지를 몰랐습니다.
"공주님," 대모가 낮은 목소리로 말했습니다.
"달빛같이 더 빛나고 덜 평범한 것을 요구하세요.
아버지는 줄 수 없으실 겁니다."
공주가 이 요구를 하자마자
왕은 수놓는 자에게 말했습니다.
"달보다 더 빛나는 옷을
틀림없이 나흘 안에 가져오시오."

왕이 설명한 것처럼 호화로운 옷이
정해진 날에 완성되었습니다.
밤의 장막 속에서 그 은빛 옷을 입은 하늘의 달은
옷보다 화려하지 않았습니다.
비록 부지런한 운행 속에서 그 강렬한 빛으로
별들을 흐리게 하지만요.
공주는 이 멋진 옷에 놀라고 감탄하였고,
거의 결혼에 동의할 마음을 먹었지만
대모의 말을 듣고

사랑에 빠진 왕에게 말했습니다.

"저는 더 빛나는

태양의 색을 가진 옷을 가지지 않으면

만족할 수가 없답니다."

유례가 없을 정도로 공주를 사랑한 왕은

곧 부유한 보석 세공인을 불러

금과 다이아몬드로 된 옷감으로 옷을 만들라고 했습니다.

왕을 만족하게 하지 못하면

고통 속에서 죽을 것이라고 하면서요.

왕은 걱정할 필요가 없었습니다.

부지런한 장인이

일주일이 가기 전에

너무도 아름답고, 강렬하며, 빛나는 옷을

가져왔기 때문입니다.

창공 안에서 금빛 수레를 끌고 산책하는

클리메네[10]의 연인의 금발도

그보다 눈부시지는 않았습니다.

이러한 선물들에 당황한 공주는

아버지에게, 왕에게 어떤 대답을 할지 몰랐습니다.

---

10 태양신 헬리오스의 부인.-옮긴이

그녀의 대모가 즉석에서 그녀의 손을 잡았습니다.
"중도에서 포기해서는 안 됩니다.
공주님이 지금까지 받은 선물들은
공주님이 아시는 당나귀보다
더 경이로운 것은 아니에요.
당나귀는 계속 왕의 주머니를
금화로 채우고 있지 않습니까?
이 흔치 않은 동물의 가죽을 요구하세요.
그것이 그의 재산의 원천인 이상,
당신은 그것을 얻지 못할 겁니다.
그렇지 않다면 제 생각이 틀린 것이고요."

이 요정은 매우 현명했지만
사람들이 격렬한 사랑을 만족하게 하려고
금과 은을 마다한다는 것을 몰랐습니다.
공주가 요구한 당나귀의 가죽은
즉시 정중하게 주어졌습니다.

이 가죽을 공주에게 가져오자
공주는 몹시 놀랐고
자신의 운명을 슬프게 한탄했습니다.
대모가 뜻밖에 나타나

선을 행할 때는

절대로 두려워해서는 안 된다고 경고했습니다.

왕에게는 공주가 틀림없이 그와 결혼하려는 줄로 알게 하

고 동시에,

공주는, 변장을 잘하여, 결혼식 날 혼자서,

가까이 다가온 확실한 불행을 피하여

먼 나라로 가라고 말했습니다.

"여기," 요정이 계속해서 말했습니다.

"공주님의 모든 옷과 거울, 화장품,

다이아몬드와 루비를 넣을 큰 상자가 있습니다.

제 마법의 지팡이도 드립니다.

당신의 손에 쥐면,

상자는 땅 아래로 숨겨져,

공주님이 가는 길을 따라갈 것입니다.

그리고 공주님이 그것을 열고 싶으실 때면,

지팡이로 땅을 치시기만 하면 됩니다.

그럼 즉시 상자는 공주님 눈앞에 나타날 거예요.

공주님을 알아보지 못하게 하려면

당나귀 가죽은 좋은 가면이랍니다.

그 가죽 아래 숨으세요.

사람들은 그 끔찍한 가죽 아래
아름다운 것이 숨어 있을 것이라고
절대 생각하지 못할 것입니다."

이렇게 변장한 공주는
선선한 아침에
요정의 집에서 나왔습니다.
결혼식 준비를 하던 왕은 몹시 놀라
자신의 불행한 운명을 알았습니다.
즉시 모든 집, 모든 길과 한길을 돌아다녔지만
헛수고였습니다.
공주가 어떻게 되었는지 알 수 없었습니다.

모든 곳에 비통하고 침울한 슬픔이 퍼졌습니다.
결혼식도, 향연도, 타르트[11]도
당과[12]도 더는 없었습니다.
의기소침해진 궁정의 여인들은
대부분 다 저녁을 먹지 않았습니다.
그러나 사제의 슬픔이 가장 컸는데,
점심시간이 퍽 늦어졌을 뿐만 아니라

---

11 과일, 잼, 크림 파이.-옮긴이
12 설탕 절임 살구, 봉봉.-옮긴이

더 나쁜 것은 헌금을 받을 수 없었기 때문입니다.

한편 공주는 불쾌하게 더러워진 얼굴로
길을 갔습니다.
지나가는 모든 사람에게 손을 내밀어
일할 곳을 구했지만
가장 거칠고 가장 가난한 사람들도
기분 나쁜 오물에 덮인 모습을 보고
그렇게 더러운 여자의 말을 듣거나 집으로 데려가기를
원하지 않았습니다.

공주는 멀리, 더 멀리 갔습니다.
마침내 그녀는 농장에 도착했는데,
소작인은 하녀가 필요했습니다.
공주는 그곳에서 걸레를 빨거나
돼지 여물통을 씻는 일을 했습니다.
사람들은 공주를 부엌의 안 구석에 두었고
하인들과 무례한 악한들은
그녀를 괴롭히고, 반박하고, 놀리기만 했습니다.
그들은 다음에는 어떤 못된 장난을 할지 몰랐고,
그녀를 툭하면 괴롭혔습니다.
공주는 그들의 조롱과 짓궂은 말의 대상이었습니다.

공주는 일요일에는 조금 더 쉴 수가 있었습니다.

아침에 일을 마친 후,

그녀는 문을 잠그고 방에 들어가,

몸을 씻고, 상자를 열어

화장대 보를 꺼내어,

작은 항아리들을 그 위에 세웠습니다.

큰 거울 앞에서 만족해하면서,

공주는 달빛 옷을 입기도 하고

불타오를 듯 빛나는 태양빛 옷을 입기도 하고

하늘의 푸름과 견줄 만큼 아름다운 푸른색 옷을

입기도 했습니다.

한 가지 아쉬운 점은 마루가 너무 좁아

끌리는 옷자락을 다 펼칠 수 없다는 것이었습니다.

그녀는 젊고, 진홍빛 입술에 흰 피부를 하고,

누구보다도 정성 들여 차려입은 자신을 보기를 좋아했습니다.

이 달콤한 즐거움으로

공주는 다음 일요일까지 견딜 수 있었습니다.

제가 이 소작지에

훌륭하고 강한 왕이

가축우리를 가지고 있다는 말씀을 드리기를 잊었군요.

가축우리에는,

바버리 암탉, 뜸부기, 뿔닭,

가마우지, 사향 거위, 작은 너새 등

갖가지 종류의 이상한 새들이 있었는데

같은 종류의 새들은 거의 없었고

서로 다투어 열 개의 마당을 모든 채우고 있었습니다.

왕자는 사냥에서 돌아오는 길에

자주 이 매력적인 장소에 들려

궁정의 귀족들과 함께

찬물을 마시며 쉬었습니다.

미남 케팔[13] 정도는 아니었지만

그의 기풍은 왕자다웠고

얼굴의 모습은 씩씩했는데

가장 심한 전쟁에서도 적들을 떨게 할 만했습니다.

당나귀 가죽은 아주 멀리서 다정히 그를 지켜보았습니다.

그리고 이러한 무모함을 통해

때와 누더기에도 불구하고

자신이 왕족의 마음을 간직하고 있음을 알았습니다.

---

13 그리스의 영웅, 사냥하는 도중 님프와 부정을 저질렀다고 부인에 의해
의심받았다.−옮긴이

"왕자님 당신은 잘 모르시겠지만,
왕자님은 고귀하고 사랑스러운 분이야.
왕자님과 사랑의 서약을 한 미녀는
얼마나 행복할까!
왕자님이 만약 어떤 형편없는 옷이라도
내게 주신다면,
그것을 입은 내 모습은
내가 가진 어떤 옷을 입은 것보다 더 고와 보일 텐데."

어느 날 왕자는
가금 사육장에서 가금 사육장으로 헤매다가
당나귀 가죽이 사는 어두운 길을 지나갔습니다.
우연히 그는 열쇠 구멍을 통해
당나귀 가죽을 보았습니다.
마침 그날은 일요일이라
그녀는 화려하게 차려입었는데
순금과 큰 다이아몬드 옷감으로 만든 화려한 옷은
태양과 그 밝은 빛을 견주고 있었습니다.
왕자는 자기 마음대로 그녀를 주시하였는데,
그녀를 보면서 즐거움에 가득 차
숨을 돌릴 틈마저 없었습니다.
옷이야 어쨌든, 얼굴의 아름다움과 아름다운 윤곽,

생생한 흰 피부, 갸름한 얼굴,

젊음의 싱싱함은 왕자를 백배는 더 감동하게 했습니다.

또한, 어떤 위대한 풍모,

현명하고 겸손한 정숙함,

그리고 확실히 드러나는 영혼의 아름다움은

왕자의 마음을 사로잡았습니다.

그는 자신을 흥분하게 한 사랑의 열기로

세 번이나 문을 부수고 싶었지만

여신을 보고 있다는 생각에

세 번 존경심으로 그러기를 멈추었습니다.

그는 생각에 잠겨 궁전에 은둔했습니다.

그리고 거기서,

그는 밤낮으로 한탄했습니다.

사육제 기간인데도 불구하고

그는 더는 무도회에 가고 싶지 않았습니다.

사냥도, 희극도 싫었습니다.

더는 식욕도 없었고,

모든 것이 마음을 슬프게 했습니다.

그리고 그의 병의 진상은

침울하고 치명적인 사랑의 심란함이었습니다.

그는 밝은 대낮에도 아무것도 보이지 않는
무시무시한 길 끝의 사육장에 사는
찬탄할 만한 요정이 누구인지 알아보았습니다.
"그 아이는, 당나귀 가죽인데,
요정도 미녀도 아닙니다.
그 아이가 목에 두른 가죽 때문에,
당나귀 가죽이라 부르지요.
상사병에는 그 아이가 특효약인데,
간단히 말하면 늑대 다음으로 가장 추한 모습이지요."
그러나 아무리 말해도 소용없었습니다.
왕자는 그 말을 믿으려 하지 않았지요.
사랑이 그린 얼굴의 윤곽이
언제나 기억에 남아
절대로 지워지지 않았기 때문입니다.

한편 어머니인 왕비는
언제나 울고 절망하는 아들에게
무엇 때문에 그러는지 말해달라고 간청해도
소용이 없었습니다.
그는 탄식하고, 울고, 한숨지으며
아무 말 하지 않았는데,

바라는 것은 당나귀 가죽의 손으로 빚은
과자일 뿐이라고 했습니다.
어머니는 아들이 무슨 말을 하는지 몰랐습니다.
"아! 왕비님," 사람들이 말했습니다.
"당나귀 가죽은 가장 더러운 부엌데기보다
더 천하고 불결한 계집입니다."
"관계없다." 왕비가 말했습니다.
"왕자가 만족해야 하니, 그것밖에 생각할 것이 없다."
어머니는 아들을 몹시 사랑했고,
만약 왕자가 금을 먹고 싶다고 했다면 먹였을 것입니다.

당나귀 가죽은 반죽을 더 부드럽게 하려고
손수 밀가루를 체에 쳤고
소금, 버터, 신선한 달걀을 가지고
갈레트[14]를 잘 만들기 위해
자신의 작은 방 안에 틀어박혔습니다.

우선 그녀는
손, 팔, 그리고 얼굴을 씻었고
일에 어울리는 은제 상의의 끈을 매고
곧 일을 시작했습니다.

---

14 둥글넓적한 케이크, 과자.-옮긴이

사람들은 너무 급히 일한 나머지
값비싼 반지 중 하나가
우연히 반죽 안에 떨어졌다고 말합니다.
그러나 이 이야기의 끝을 아는 사람들은
그녀가 일부러 반지를 떨어뜨렸다고 확언합니다.
그리고 제가 솔직히 말씀드리면,
왕자가 문 가까이서
열쇠 구멍으로 그녀를 보았을 때
그녀는 그것을 알아챈 것이 분명합니다.
이 점에 있어 여자들은 몹시 잽싸서,
눈이 빨리 돌아가,
남이 자기를 보고 있는 것을
한순간도 모르지 않습니다.
맹세컨대, 그녀는 젊은 연인이 반지를 잘 받을 것임을
전혀 의심하지 않았을 것이 확실합니다.

그렇게 맛있는 과자는 빚어진 적이 없었습니다.
왕자는 과자가 아주 맛있어 너무 급하게 먹다가
반지까지 삼킬 뻔했습니다.
에메랄드가 박힌 가느다란 금반지는
반지 주인의 손가락의 모양을 알려주고 있었습니다.

그것을 보고 왕자는 엄청난 기쁨을 느끼며
즉시 그것을 베개 밑에 두었습니다.
그러나 그의 병은 계속 심해졌고
경험이 풍부한 현명한 의사들은
그가 날마다 야위어가는 것을 보고
모두 그들의 지식으로
왕자가 사랑의 병을 앓고 있다고 판단했습니다.

그것에 대해 나쁘게 말하기도 하지만
이런 병에는 결혼이 최고로 좋아서
사람들은 그를 결혼시키기로 했습니다.
왕자는 조금 주저한 후 말했습니다.
"이 반지가 맞는 사람이 있으면 결혼하겠습니다."
이 괴상한 요구에 왕과 왕비는 몹시 놀랐지만
왕자의 병이 너무 귀중해 거절할 수 없었습니다.

반지의 주인을 찾는 일이 시작되었습니다.
반지는 핏줄이야 어떻든 그 주인을
높은 지위에 오르게 할 수 있었고,
자신의 손가락을 보여주러 오지 않거나
자신의 권리를 양보하는 여자가 없었습니다.

왕자를 차지하려면

가느다란 손가락을 가져야 한다는 소문이 퍼졌습니다.

모든 돌팔이 의사들은 인기를 얻기 위해

손가락을 가늘게 하는 비법이 있다고 말했습니다.

한 사람은, 문득 떠오른 자신의 기이한 생각에 따라

순무를 깎듯이 손가락을 깎았고,

다른 사람은 손가락을 조금 잘랐으며,

어떤 이는 손가락이 작아질 것이라고 믿으면서 그것을 누르고,

어떤 이는 어떤 물로 피부를 벗겨 손가락이 가늘어지게 했습니다.

자신의 손가락을 반지에 맞추기 위해

여자들이 시도하지 않는 방법이 없었습니다.

젊은 공주들과

후작 부인들, 그리고 공작 부인들부터

반지를 끼어보았습니다.

그러나 그들의 손가락은 섬세하기는 했지만

너무 굵어 반지가 들어가지 않았습니다.

백작 부인들과 남작 부인들

그리고 모든 고상한 여인들이

차례로 손을 내밀었지만

소용이 없었습니다.

이어 가난한 처녀들이 등장했는데

그 아름답고 가는 손가락은
가끔 반지에 맞는 듯했지만
반지는 너무 작거나 너무 커서
한결같은 경멸로 모든 사람을 퇴짜 놓았습니다.

마침내 하녀들, 요리사들, 칠면조치기들,
한마디로 하찮은 사람들의 순서가 되었습니다.
그들의 붉고 검은 손들은
섬세한 손들에 못지않게
행운을 바라고 있었습니다.
많은 처녀가 굵고 짧은 손가락을 내놓았지만
왕자의 반지에 들어가기는
밧줄이 바늘구멍에 들어가기와 같았습니다.

사람들은 이제 다 끝났다고 생각했습니다.
반지를 껴보지 않은 사람은
부엌 안의 가련한 당나귀 가죽밖에 없었기 때문이죠.
"당나귀 가죽이 왕비가 될 리가 없지!"
사람들이 말했습니다.
"왜 아닙니까? 그 처녀를 오게 하시오."
왕자가 말했습니다.
사람들은 높이 소리치며 웃기 시작했습니다.

"그 못생긴 아이를 이곳에 들어오게 하다니 무슨 말씀입니까?"
그러나 그녀가 검은 가죽 밑으로 옅은 자줏빛이 도는
상아와 같은 작은 흰 손을 내놓고
운명의 반지가 더할 나위 없이 정확하게
그녀의 작은 손가락에 맞자
궁정은 이해할 수 없는 놀라움에 잠겼습니다.

사람들은 당나귀 가죽을
갑작스럽게 흥분한 왕에게 데려갔습니다.
그러나 그녀는 왕과 왕자 앞에 나타나기 전에
다른 옷을 입을 시간을 달라고 청했습니다.
이 옷 이야기에, 사실대로 말해,
모든 사람은 웃기 시작했습니다.
그러나 그녀가 견줄만한 것이 없을 만큼
화려하고 아름다운 옷을 입고
방들을 지나 대접견실에 도착하자
그녀의 금빛 머리카락은 다이아몬드와 함께
생생하게 빛났고
그녀의 위엄에 찬 크고 부드러운 푸른 눈은
기쁨과 상처를 동시에 주었습니다.
그리고 두 손으로 감쌀 수 있을 만큼
몹시 가늘고 날씬한 허리는

매력과 신적인 우아함을 보여주어
궁정의 부인들과 그들의 장식은 매력을 잃었습니다.

모인 사람들의 기쁨과 소란 속에서
왕은 며느리의 매력을 보며 기쁨을 참을 수 없었고
왕비는 홀딱 반했으며
귀한 연인인 왕자는 온갖 즐거움으로 영혼이 가득 차
황홀함의 무게에 압도되었습니다.

결혼식을 위해 각자가 준비를 시작했습니다.
왕은 이웃 나라의 모든 왕을 초대했고
그들은 모두 갖가지 장식으로 화려하게 꾸미고
결혼식에 참석하기 위해 자신들의 나라를 떠났습니다.
극광지대에서 온 왕들은
큰 코끼리들에 올라탔고
무어 지방에서 온 왕들은
검고 못생겨서
어린아이들을 무섭게 했습니다.
마침내 세계의 구석구석에서부터
그들은 상륙하였고 궁정은 이들로 가득 찼습니다.

그러나 어떤 왕도, 어떤 군주도

196 당나귀 가죽

신부의 아버지만큼 빛나 보이지 않았습니다.

한때 그녀를 사랑한 적이 있던 그는

시간이 지나면서 영혼을 불태웠던

열정을 정화하였습니다.

그는 자신의 영혼으로부터 모든 죄스런 욕망을 물리쳤고

그의 영혼에 남아 있던 조금의 추악한 열정은

그의 부성애를 더할 뿐이었습니다.

당나귀 가죽을 보자마자 그가 말했습니다.

"너를 다시 보게 하신 하느님은 축복받으시기를,

내 사랑스러운 딸."

그리고 그는 기쁨의 눈물을 흘리며

그녀를 안으러 달려갔습니다.

모두가 그의 행복에 관심을 보였는데,

남편이 될 사람은

자신이 그렇게 강력한 왕의 사위가 되었다는 사실에

몹시 기뻤습니다.

곧 대모 요정이 왔고 모든 이야기를 했습니다.

그리고 그 이야기는 당나귀 가죽을 영광스럽게 했습니다.

이 이야기의 목적이

어린아이에게

의무를 저버리는 것보다

가장 힘든 시련을 당하는 것이 낫다는 교훈을
가르치려는 것임을 알기는 어려운 일이 아닙니다.
덕은 불행에 직면할 수 있지만
언제나 상을 받게 되지요.

미친듯한 사랑과 그 정열적인 열광에는
가장 강한 이성도 약한 장애물이고,
연인은 사랑을 위해
모든 호화로운 재산을 쓰게 됩니다.
젊은 여성들은
아름다운 옷만 가진다면
먹을 것으로는 물과 흑빵만으로 충분합니다.

하늘 아래에 자신이 아름답다고 생각하지 않은 여성은 없고
만약 세 명의 여신과 그 유명한 싸움을 해도
황금 사과를 가지는 것은 자신이라고 생각합니다.

당나귀 가죽의 이야기는 믿기 힘들지만,
세상에 아이들이 있고,
어머니와 할머니가 있는 한
사람들은 그것을 기억할 겁니다.

어리석은 소원

C 양에게

만약 아가씨가 분별력이 모자란다면
제가 이야기하려는
당치않고 점잖지 않은 이야기를 하러
아가씨에게 오지 않았을 것입니다.
1오느[15] 길이의 순대가 이 이야기의 소재입니다.
"1오느짜리 순대라니,
정말 딱하군! 끔찍해라!"
재치 있고 세련된 아가씨는 소리칩니다.
언제나 상냥하고 신중해서
사랑 이야기가 아니면 듣지 않으려고 하죠.
그러나 당신은 살아있는 사람 중 누구보다
남을 이야기로 매혹할 줄 압니다.
당신의 표현은 언제나 몹시 꾸밈이 없어
사람들은 듣는 것을 마치 보는 것처럼 여깁니다.

---

15 길이의 단위, 1.188m.-옮긴이

아가씨는 이야기의 소재보다 이야기를 짓는 방식이
작품을 아름답게 한다는 사실을 알고 있습니다.
당신은 내 이야기와 그 교훈을 좋아할 것입니다.
그것을 저는 감히 확신한답니다.

옛날에 가난한 나무꾼이 있었는데
고된 생활에 지쳐
지옥에라도 가 쉬고 싶다고 말했습니다.
그는 세상에 태어난 이후
하늘이 한 번도 소원을 들어준 적이 없다고
깊은 슬픔 속에서 말했습니다.

하루는 숲 속에서 한탄을 시작하는데
한 손에 벼락을 든 주피터 신이 그에게 나타났습니다.
선량한 사람의 공포는 형언할 수 없었습니다.
"저는 아무것도 바라지 않습니다."
땅에 몸을 던지며 그가 말했습니다.
"아무 소원도 없으니, 아무 벼락도 내리지 마세요.
신이시여, 그럼 공평하지 않을까요."
"두려워하지 마라, 나는 네 하소연에 마음이 움직여
네 말이 옳지 않음을 알려주러 왔다."
주피터가 말했습니다.
"들어라, 약속건대, 전 세계를 통치하는 주권자로서,

나는 그것이 무엇이든 네 처음 세 가지 소원을
모두 들어주려 한다.
무엇이 너를 기쁘게 하는지,
무엇이 너를 만족하게 하는지를 살펴보라.
그리고 네 행복이 네 소원에 달린 만큼,
빌기 전에 잘 생각하라."

이렇게 말하고 주피터는 다시 하늘로 올라갔습니다.
그리고 나무꾼은 즐거워져서,
집으로 돌아가기 위해 자신의 큰 나뭇단을
등에 짊어졌습니다.
짐이 그렇게 가벼웠던 적이 없었습니다.
그는 종종걸음을 치며 말했습니다.
"이 모든 일에 경솔해서는 안 돼.
중요한 문제이니만큼
집사람의 의견을 들어야겠어."
그는 고사리로 덮인 지붕 밑으로 들어가며 말했습니다.
"팡숑, 불을 피우고 마음껏 먹자고.
우리는 영원히 부자야.
소원을 빌기만 하면 된다고."
그러고 나서 그는 지금까지 있었던 모든 사실을 다 이야기
했습니다.

이 말을 듣고, 흥분 잘하고 성급한 아내는

많은 생각을 했지만

신중히 행동하는 것이 중요하다고 생각하며 말했습니다.

"블레즈, 성급하게 일을 그르쳐서는 안 돼요.

이런 상황에서 어떻게 해야 하는지

우리끼리 잘 검토해 봐요.

내일로 우리의 첫 번째 소원을 미루기로 하고

하룻밤을 지내며 깊이 생각해 봅시다."

"알겠소." 선량한 블레즈가 말했습니다.

"가장 좋은 포도주를 가져다주시오."

아내가 포도주를 가져오자 그는 그것을 마시고

마음 편히 큰 불가에서 달콤한 휴식을 즐겼습니다.

의자에 등을 기대며 그가 말했습니다.

"1오느짜리 순대가 이런 좋은 불에는 제격이지!"

그가 이 말을 하자마자, 아내는 몹시 놀라며

긴 순대를 보았습니다.

순대는 벽난로 구석에서부터 그녀에게로

꿈틀거리며 다가왔습니다.

그녀는 즉시 소리를 질렀습니다.

그러나 이 일의 원인이 경솔한 남편이 순전히 우둔하게 말한

소원임을 생각하고

원통함과 분노로 가련한 남편에게 모든 비난과 욕설을 퍼

부었습니다.

"제국, 금, 진주, 루비, 다이아몬드,

멋진 옷들을 가질 수 있는데

순대라니요?"

"그렇소, 내가 잘못했소." 그가 말했습니다.

"내가 선택을 잘못했소. 큰 실수를 저질렀으니,

다음에는 잘하리다."

"기다려보자 헛일이에요. 그런 소원을 말하다니,

바보임이 틀림없어요."

남편은 화가 나서 홀아비가 되는 소원을

낮은 목소리로 빌까 여러 번 생각했습니다.

우리끼리 얘기지만,

그랬다면 남편에게 좋았을 것입니다.

"남자들은 고통받기 위해 태어난 거야!

빌어먹을 순대야, 맹추 같은 마누라 코에나 붙어버려라!"

하늘은 즉시 이 소원을 들었고,

남편이 이 말을 하자마자

순대가 성난 아내의 코에 붙었습니다.

이 뜻밖의 사건에 그는 몹시 난처했습니다.

팡송은 예쁘고 우아했는데,

사실대로 말해

그 장소에 그런 장식은

좋은 효과를 주지 않기 때문입니다.

얼굴 아래에 그것이 늘어져 있어.

아내는 말하기가 불편했는데

남편에게는 그것이 신기하고 기쁜 일이어서

더는 바랄 것이 없이 행복했습니다.

그가 혼자서 말했습니다.

"끔찍한 일이 일어났어.

내게 남은 소원으로

나는 단번에 왕이 될 수도 있어.

군주의 위대함만 한 것은 없지.

그러나 왕비는 어떡할지를 생각해야 해.

1오느만큼 긴 코를 가지고 왕좌에 오르라니

얼마나 고통스러운 일이겠어.

이 점에 대해 아내의 말을 들어야겠어.

끔찍한 코를 가지고 왕비가 될지

아니면 이전에 가졌던 다른 사람과 같은 코를 가지고

나무꾼의 부인으로 남아있을지

아내가 정하도록 해야지."

아내는 일을 잘 검토한 결과

왕권과 권력 그리고 재산이 무엇인지 알지만

왕위에 오르려면

코가 제대로여야 한다는 생각이 들었습니다.
호감을 주려는 욕망에 굴복하지 않는 것은 없어
아내는 왕비가 되어 추한 것보다
자신의 모자를 간직하기로 했습니다.

이렇게 나무꾼은 신분을 전혀 바꾸지 않았고
큰 군주도 되지 않았습니다.
금화로 그의 주머니를 채우지도 않았습니다.
남아있는 소원을 빌게 된 것을 즐거워하며
작은 행복이고 빈약한 수단이지만
아내를 처음 모습으로 돌려놓았습니다.

비참하고, 눈이 멀고, 경솔하고,
불안하고, 변덕스러운 사람들은
염원을 품을 수는 없습니다.
그들 중 적은 수만이 하늘이 그들에게 준
능력을 잘 쓸 수 있답니다.

어미 거위 이야기

초판 1쇄 인쇄 2014년 9월 1일
초판 1쇄 발행 2014년 9월 5일

지은이 샤를 페로
옮긴이 류경아
발행인 신현부
발행처 부북스

주소 100-835 서울시 중구 동호로17길 256-15 (신당동)
전화 02-2235 -6041
팩스 02-2253 -6042
e-mail boobooks@naver.com

ISBN 978-89-93785-68-5 04860
ISBN 978-89-93785-07-4 (세트)

이 도서의 국립중앙도서관 출판예정도서목록(CIP)은 서지정보유통지원시스템 홈페이지
(http://seoji.nl.go.kr)와 국가자료공동목록시스템(http://www.nl.go.kr/kolisnet)에서
이용하실 수 있습니다.(CIP제어번호: CIP2014024504)